www.ingramcontent.com/pod-product-compliance
Lightning Source LLC
LaVergne TN
LVHW051108051026
849532LV00004BB/1474
* 9 7 8 9 3 5 8 7 2 8 1 4 9 *

من و تو کے افسانے

(افسانے)

مشرف عالم ذوقی

Man-o-Tuu ke Afsane *(Short Stories)*

by: Musharraf Alam Zauqi

Edition: July '2024

Publisher :

Taemeer Publications LLC (Michigan, USA / Hyderabad, India)

ISBN 978-93-5872-814-9

9 789358 728149

کتاب	:	**من و تو کے افسانے** (افسانے)
مصنف	:	**مشرف عالم ذوقی**
جمع و ترتیب / تدوین	:	اعجاز عبید
صنف	:	فکشن
ناشر	:	تعمیر پبلی کیشنز (حیدرآباد، انڈیا)
سالِ اشاعت	:	۲۰۲۴ء
صفحات	:	۱۲۲
سرورق ڈیزائن	:	تعمیر ویب ڈیزائن

فہرست

کسی ایک لمحہ

وہ کھیلتے کھیلتے ٹھہر گئے تھے—

جبکہ ان کے گھر والوں کی آنکھیں بھیانک انداز سے ٹی وی اسکرین پر جمی ہوئی تھیں—سانسیں تیز—بریکنگ نیوز میں ممبئی بم دھماکے کی خبریں اب جسم میں خوف پیدا کر رہی تھیں۔

'جنگ ہی واحد حل ہے۔۔۔'

نینی نے گھوم کر دیکھا۔ یہ اس کے ڈیڈی تھے۔ غصے میں بھرے ہوئے—'ہر چیز کی ایک حد ہوتی ہے۔ وہ اب اپنی حدیں پار کر رہے ہیں۔'

'چھوٹا سا تو ملک ہے پاکستان' ہمارا ملک کچھ کرتا کیوں نہیں؟' ولوم نے گھوم کر دیکھا—یہ ماں تھی۔

ولوم اور نینی کی آنکھیں بھی ٹی وی اسکرین کو غور سے دیکھ رہی تھیں۔ لیکن اب وہ آہستہ آہستہ دوسرے مسائل پر بھی تبادلۂ خیال کرنے لگے تھے۔ جیسے گرمی بہت بری ہے۔ ٹونا میڈم ولوم کو بالکل بھی پسند نہیں۔ جے سر ہمیشہ غصے میں رہتے ہیں اور اسکول شاید پھر بند ہو جائے۔ اس لیے کہ ممّی اور ڈیڈی بھی جنگ کے حق میں ہیں۔ جنگ ہو گی تو اسکول اپنے آپ بند ہو جائے گا۔

ممّی نے ہاتھوں کی کنگھی سے بال سنوارے۔ 'اب پاکستان کو مزہ چکھا دینا چاہیے۔

آخر ایٹم بم ہیں ہمارے پاس۔۔۔'

ڈیڈی کی آنکھوں میں ممّی کو نیچا دکھنے کی جھلک ـــ اور پاکستان؟ ایٹم بم تو اس کے پاس بھی ہیں۔'

'پھر جنگ نہیں۔۔۔'، ممّی کے جسم میں تھر تھراہٹ سی پھیل گئی تھی۔

'لیکن کچھ تو کرنا ہوگا نا۔۔۔ آزادی کے ۶۱ سالوں میں وہ بار بار ہمارا سکون، ہمارا امن و چین در ہم بر ہم کرتے رہے ہیں۔ ہم ان سے محبت کی امید کرتے ہیں اور وہ فدائین کی شکل میں اپنا یم دوت بھیج دیتے ہیں۔ برداشت کی بھی حد ہوتی ہے۔ اب ایک ہی حل ہے نفرت۔ ہم ان کے خلاف بھی جنگ کا اعلان کر دیں۔ نفرت کریں ان سے۔ پاکستانی ہونے کے ہر احساس سے نفرت کریں۔ ان کے گانے نہیں سنیں، ان کے فنکاروں کو یہاں آنے نہیں دیں۔ ہندستان کو پاکستان کی حمایت کرنے والے ہر جذباتی شخص سے خالی کر دیں۔'

نینی اور ولوم نے پھر مڑ کر ممّی اور ڈیڈی کی طرف دیکھا۔ نینی کی عمر دس سال تھی۔ ولوم ۱۲ سال کا۔ اب دونوں کی آنکھوں میں ایک کشمکش سی چل رہی تھی۔ ٹی وی اسکرین پر اب اس فدائین چہرے کو دکھایا جا رہا تھا، جس کی شکل میں ہندستان کو ایک اہم ثبوت مل گیا تھا۔

'ارے اس کی آنکھیں تو دیکھو،' نینی چیخی ـــ 'کتنی پیاری ہیں۔'

'پاگل ہو' ـــ ولوم غصہ میں تھا ـــ 'یہ دہشت گرد ہے۔'

'کیوں؟ آتنک وادیوں کی آنکھیں پیاری نہیں ہو سکتیں؟'

'نہیں؟'

'نہیں کیوں؟ اسے بھی تو بھگوان نے بنایا ہے۔ چہرہ تو دیکھو۔۔۔ کتنا پیارا ہے۔ بھولا

بھالا سا۔'

ولوم دانت بھینچ کر بولا —'پاگل ہو تم۔ آتنک وادی بھولے بھالے نہیں ہوتے۔ ڈیڈی کہتے ہیں، یہ لاشوں کے سوداگر ہیں۔'

'پھر لاشوں کے سوداگر کے چہرے بھگوان اتنے بھولے بھالے کیوں بناتا ہے؟'

'یہ تو بھگوان جانے۔'

'اچھا۔ یہ اس کے ہاتھ کی پٹّی میں کیا ہے؟ کالی پٹّی۔۔۔؟'

'ارے ہاں۔۔۔'ولوم چونکا۔'ممکن ہے، اس کی ماں نے باندھی ہو۔ اس کی لمبی عمر کے لیے۔۔۔ وہ۔۔۔ میرا دوست ریحان ہے نا۔۔۔ وہ بھی اپنے بازو پر باندھتا ہے۔ اس نے مجھے دکھایا تھا۔۔۔'

'تم پاگل ہو، ۲۶ جنوری کے دن ایسی پٹّیاں ہم نے بھی تو میڈم سے خریدی تھی۔ میڈم نے کہا تھا، اس کے پیسے کینسر مریض کو جائیں گے۔'

نینی کو کچھ یاد آ گیا—'تمہارا دوست فرحان بھی تو مسلمان ہے۔'

'ہاں، ہے تو۔'

'تو وہ بھی پاکستانی ہوا؟'

ولوم سوچ میں ڈوب گیا تھا —'ارے ہاں۔ اور اس کے بازو میں بھی پٹّی بندھی ہے۔۔۔ یہ تو مجھے یاد ہی نہیں رہا؟'

ولوم کے چہرے کے رنگ بدل رہے تھے۔۔۔'تو کیا فرحان بھی۔۔۔؟'

'نہیں۔۔۔ نہیں۔۔۔' نینی کے چہرے پر الجھن کے آثار تھے۔۔۔'وہ اتنا کیوٹ ہے۔۔۔'

'پیارا تو یہ بھی ہے۔۔۔ جیسا کہ تم کہتی ہو۔ اس کی آنکھیں۔ اس کا چہرہ۔۔۔' ولوم

نگاہ اٹھا کر ٹی وی اسکرین پر اس چہرے کو غور سے دیکھ رہا تھا، جسے ممبئی حملوں کا اہم مجرم مانا جار ہا تھا۔

فرحان کے نام پر اچانک پورا منظر بدل گیا تھا۔ کمرے میں اینکر کے چنگھاڑتے لفظوں کے باوجود جیسے ایک گہرا سنّاٹا چھا گیا تھا۔

ولوم نے بات بدلی —'وہ تم ڈائناسور کے بارے میں بتا رہی تھیں۔۔۔؟'

'ہاں۔۔۔ ساڑھے چھ کروڑ سال پہلے یہ بڑے بڑے جسم والے ڈائناسور اچانک غائب ہو گئے۔ گلوبل وارمنگ کے سبب یا پھر درجہ حرارت میں ہونے والی تبدیلیوں کی وجہ سے زمین سے ان کا خاتمہ ہو گیا۔۔۔'

'پھر۔۔۔؟'

'کیونکہ ڈائناسور ٹھنڈ میں ہی جیتے تھے۔ لیکن وہ پھر سے گلوبل وارمنگ کے بدلتے درجۂ حرارت میں دوبارہ جی سکتے ہیں۔'

'کیا یہ ممکن ہے؟'

'کیوں نہیں؟' نینی کی آنکھوں میں ابھی بھی اس دہشت گرد کی تصویر گھوم رہی تھی۔

'سب کچھ ممکن ہے لیکن ان کا ختم ہو جانا ہی اچھا ہے۔'

لیکن شاید اس وقت دونوں کو ہی ڈائناسور کی اس گفتگو میں کوئی دلچسپی نہیں تھی۔ آنکھیں جیسے اسکرین پر مرکوز تھیں۔ سنسنی خیز مناظر کے درمیان اب شاید دونوں کی آنکھوں میں صرف فرحان کا چہرہ تھا۔

'وہ تمہارے ساتھ پڑھتا ہے نا۔۔۔؟' نینی کی آنکھوں میں امید تھی۔

'ہاں۔'

'تمہیں اس سے ڈر تو نہیں لگتا۔۔۔؟'

'پاگل !ڈر کیوں لگے گا۔۔۔؟'

'نہیں۔۔۔ میرا مطلب ہے، تم نے کہا کہ۔۔۔ وہ بیحد کیوٹ دکھتا ہے۔۔۔؟'

'ہاں۔۔۔'

'اور وہ پٹّی بھی باندھتا ہے۔۔۔؟'

'ہاں۔۔۔'

یہ وہی وقت تھا جب آسمان سے ایک ہوائی جہاز کے گزرنے کی آواز آئی تھی—

نینی زور سے بولی—ہوائی جہاز۔۔۔

ولوم نے کہا—چلو باہر چلتے ہیں۔

دونوں بھاگ کر گارڈن میں آ گئے۔ گارڈن کے پاس والی سیڑھیوں پر بیٹھ گئے۔ نیلے آسمان کو دیکھتے ہوئے۔ پھولوں کی خوشبو کے احساس سے دور۔۔۔ جیسے وہ ایک دوسرے سے کچھ کہنا چاہ رہے ہوں۔۔۔ مگر شاید لفظ زبان تک آ کر۔۔۔ راستہ بدل رہے ہوں۔۔۔

ہوائی جہاز۔۔۔ جیوں۔۔۔ کی آواز کے ساتھ چکر کاٹتا ہوا دوبارہ وہاں سے گزرا۔۔۔

'تم نے کچھ کہا کیا۔۔۔؟' نینی نے پوچھا۔

'نہیں تو۔۔۔' ولوم نے کہا۔۔۔ 'اور تم نے۔۔۔'

'نہیں تو۔۔۔'

دونوں چپ تھے—

ہوائی جہاز چکر کاٹتا ہوا گم ہو گیا تھا—نینی کی آنکھوں میں اب بھی دہشت گرد کے ساتھ فرحان کا چہرہ گھوم رہا تھا۔ اس نے ولوم کی طرف دیکھا—

'ایک بات پوچھوں۔۔۔؟'

'پوچھو۔۔۔'

'تم نے اس دہشت گرد میں فرحان کا چہرہ دیکھا کیا؟'

'نہیں تو۔۔۔' کہتے کہتے ولوم ٹھہرا—اور تم نے۔۔۔؟'

'میں نے بھی نہیں۔'

ہوائی جہاز کی آواز بھی کھو گئی تھی—دونوں خوشی سے بھاگتے ہوئے تیز تیز اندر کی جانب بڑھ گئے۔

***

مت رو سالگ رام

جس وقت کامریڈ نور محمد اسپتال لایا گیا، اس کی لگ بھگ آدھی سانس اکھڑ چکی تھی۔ جسم کا کوئی بھی حصہ ثابت نہیں بچا تھا۔ دماغ کا آدھا گوشت تک باہر آگیا تھا۔ اس کے بچنے کی امید بہت کم رہ گئی تھی-----اور جس وقت کامریڈ نور محمد کو اسٹریچر پر لٹا کر ایمرجنسی وارڈ میں داخل کیا گیا-----وارڈ سے باہر آسمان کو گھورتی ہوئی دو آنکھیں تھیں، دو عجیب سی آنکھیں۔ نہ یہ آنکھیں سہمی تھیں، نہ ان میں خوف و ہراس تھا بلکہ ان آنکھوں پر آسانی سے کسی کو بھی پاگل ہونے کا شبہ ہو سکتا تھا۔

یہ سالگ رام تھا۔ درمیانہ قد، دبلا پتلا جسم، اندر تک دھنسے ہوئے گال، سانولا چہرہ، پتلی پتلی ٹانگیں ----- ایک میلا سا کرتا پائجامہ اور آدھی گھسی ہوائی چپل پیر میں ڈالے۔ سر کے بال اجڑے ہوئے، داڑھی بے ترتیبی سے بڑھی ہوئی۔ پھر یوں ہوا کہ اس کے بدن میں تیزی سے حرکت ہوئی، دونوں ہاتھ آپس میں التجا کرنے کے انداز میں اٹھ گئے۔ گلے سے بھنچی بھنچی رونے کی آواز نکلی اور وہ آس پاس کھڑے لوگوں کے سامنے جا جا کر ہاتھ جوڑ کر کہنے لگا

تم لوگوں نے نور محمد کو کیوں مارا بھائی۔ میں سچ کہتا ہوں۔ وہ مسلمان نہیں تھا۔ میری بات کا یقین کرلو گو وہ مسلمان نہیں تھا----- صرف انسان تھا۔ ایک انسان۔

"چلو چلو"۔ کسی نے جملہ کسا۔ "کوئی پاگل ہے"۔

سالگ رام نے گھور کر دیکھا۔ اندر سے نفرت کی ایک تیز لہر اٹھی۔ اس نے کچھ

بولنے کی کوشش کی تو اسے لگا۔ اس کے منہ سے کتے جیسی بھنچی بھنچی آوازیں نکل رہی ہوں دانت نوکیلے اور سخت ہو گئے ہیں وہ کسی کی طرف بھی لپک سکتا ہے۔ کسی کو بھی کاٹ سکتا ہے۔ اچانک اس کے گلے سے ایک گھڑ گھڑاتی ہوئی چیخ نکلی۔ اس سے پہلے کہ دوسرے لوگ متوجہ ہوں وہ تیزی سے بھاگتا ہوا گیٹ کھول کر باہر نکل گیا۔

سالگ رام جس وقت باہر آیا، اس کے ذہن میں تیز تیز آندھیاں اٹھ رہی تھیں۔ وہ سب کچھ دیکھ رہا تھا منظر صاف صاف تھے ایک چھوٹا سا گھر، چارپائی بچھی ہے۔ کھاٹ پر ننگے بدن اس کا باپ بیٹھا ہے۔ سر منڈا ہوا ہے۔ پیچھے بالوں کی ایک چھوٹی سی چوٹی لٹک رہی ہے۔

سالگ رام---- برف جے سے سرد الفاظ اس کے کانوں میں اترے اشنان کر لیا سالگ رام مندر ہو آئے پھر شلوکوں کا جاپ شروع ہوتا۔ بیچ بیچ میں رسوئی میں کھانا پکاتی اماں کو گالیوں کا تھال پروسا جاتا کیوں رے ابھی تک کھانا نہیں بنا کبھی کبھی شک لگتا ہے کہ تیری برہمن کی جات بھی ہے کہ نہیں۔

اندر ہی اندر سلگ اٹھتا سالگ رام کچّی مٹی کی ڈھلائی سے زمین سے سوندھی سوندھی خوشبو اٹھ رہی ہوتی۔ اٹھ کر وہ اماں کے پاس رسوئی میں آ جاتا۔ اماں کی روتی آنکھوں کو دیکھ کر سوچتا، بھگوان کی پوجا ارچنا تو سب بیکار ہے، جب من ہی صاف نہ ہو---- اوسارے میں تلک پانڈے زور زور سے اشلوکوں کے پاٹھ میں مصروف ہوتے۔ کہاں تلک پانڈے اور کہاں سالگ رام---- یہ نام کا چکر بھی عجیب ہے، کسی بھی بات میں سمجھوتہ نہ کرنے والے بابو نے دھرم کی راہ میں اس کے اس ہریجن نام سے سمجھوتہ کر لیا تھا۔ ہوا یوں کہ تلک پانڈے کو جب بہت دنوں تک کوئی اولاد نہیں ہوئی تو کہتے ہیں ایک پہنچا ہوا سادھو ان کے دروازے پر آیا تھا الکھ نرنجن---- سو بھکچا مانگی اور تلک

پانڈے کی فریاد سن کر بولا--- گھبرا مت برہمن پتر----بچہ ہوئے گا۔ لیکن اس کا نام ہریجن کے نام پر رکھنا--- سمجھ گیانا بچہ----

نام میں کیا رکھا ہے----یوں سالگ رام نے اس ماحول میں اپنی آنکھیں کھولیں جب گھر کی ایک ایک شے میں دھرم سانپ کی طرح کنڈلی مار کر بیٹھا تھا۔ بابو.جی صبح ہی صبح بھکچھا مانگنے نکل جاتے۔ پھر وہ دوپہر ڈھلے یا شام ڈھلے واپس آتے۔ جب سالگ رام تھوڑا بڑا ہوا تو وہ بھی ساتھ جانے لگا۔

تلک پانڈے کے گھر سے چند فرلانگ کی دوری پر ایک مسلمان کا گھر ہے، وہاں سے گزرتے ہوئے ایک بار سالگ رام کو دیکھ کر اس کا ہم عمر ایک لڑکا زور سے ٹھہا کا مار کر ہنس دیا تھا لڑکے نے سالگ رام کے ننگے سر اور پیچھے لٹکتی چٹلی کو دیکھ کر کہا----

"تے رے سر پر پونچھ----"

سالگ رام غصے میں بولا----"ملیچھ کہیں کا۔

لڑکے کی ہنسی اچانک غائب ہوگئی۔ اس نے سالگ رام کو بڑے غور سے دیکھا۔ غصے میں بھرا ہوا سالگ رام دندناتا ہوا گھر پہنچ گیا۔ گھر پہنچ کر چھوٹے سے آئینے میں اس نے اپنی شکل دیکھی اور اس کے سامنے اس کی عمر کے وہ سارے لڑکے گھوم گئے جو چہرے مہرے اور پہناوے سے کے سے سندر دِکھتے تھے۔ اور ایک وہ ہے۔ پیروں میں کھڑاؤں کی کھٹ کھٹ---- بار بار کھل جانے والی دھوتی---- جھولتا ہوا کُرتا---- ٹنڈا سر---- باہر نکلی ہوئی چٹلی----اسے گھن آرہی تھی خود سے۔ نفرت محسوس ہو رہی تھی یہ سب---- جے سے اسے ایک اچھی بھلی دنیا سے کاٹ کر کسی قید خانے میں قید کر دیا گیا ہو---- مگر کسی بھی طرح کی بغاوت کے لے ے لفظ کہاں تھے اس کے پاس---- لفظوں کے گھنگھرو تو تلک پانڈے نے پیدا ہوتے اس کے ننھے منّے پاؤں سے

کھینچ کر توڑ دے ے تھے۔

سالگ رام جے سے آگ کی گرم گرم بھٹی میں تپ رہا تھا اس رات، کافی دیر تک اسے نیند نہیں آئی--- صبح ہونے تک وہ اپنی سوچ پر ایک نئے فیصلے کی مہر لگا چکا تھا--- - تلک پانڈے ہمیشہ کی طرح سویرے اٹھ گئے---نہا دھو کر پوجا ارچنا سے فارغ ہو کر آواز لگائی---

"سالگ رام!"

سالگ رام جے سے اسی آواز کے انتظار میں تھا--- آگے بڑھا اور اپنا فیصلہ سنا دیا--- آج سے میں آپ کے ساتھ نہیں جاؤں گا----

"کیا---" تلک پانڈے کی آنکھوں میں حیرت تھی۔ وہ اسے غور سے دیکھ رہے تھے۔ جس موئے نے کل تک بولنا نہیں جانا تھا آج انکار کا لفظ کے سے سیکھ لیا اور سالگ رام نے اٹک اٹک کر اپنی بات ایک دم سے سامنے رکھی دی----

"میں پڑھنا چاہتا ہوں----میں پڑھوں گا----میں یہ سب نہیں کروں گا مجھے یہ سب اچھا نہیں لگتا---- "

تلک پانڈے کے دماغ میں جے سے ایک ساتھ ہزاروں میزائلیں چھوٹ گئیں وہ اٹھے۔ آگے بڑھے اور سالگ رام کے بدن پر تڑاتڑ طمانچوں کی بارش کر دی

سالگ رام اب بھی روتے ہوئے چلا رہا تھا مجھے یہ چٹلی بھی اچھی نہیں لگتی---- میں بال بڑھاؤں گا۔ اسکول جاؤں گا

پھر ایک لمبا عرصہ گزر گیا--- تلک دھاری نے جے سے ہار مان لی---- بوڑھے ہو گئے تھے۔ انقلاب کے اس نئے تیور کے آگے جھک گئے----بڑی مشکل سے سالگ رام بی اے کر سکا----اس بیچ وہ دھیرے دھیرے دھرم، عقیدے جیسی چیزوں

سے کٹتا رہا تھا--- اِدھر تلک دھاری نے دنیا کو خیر باد کہا، اُدھر سالگ رام زمانے کی ضرورتوں کو پورا کرنے میں لگ گیا--- وقت بدلا تھا۔ زمین، پانی، مٹی، ہوا، سب میں نفرت کے جراثیم گھل گئے تھے۔ اس نے بدلے بدلے بھارت کا کچھ انش، تو بابو جی میں تلاش کیا تھا اور کچھ وقت کے تھپیڑوں میں دیکھا--- یہاں تو نفرت کے اندھڑ تھے-- --بدبودار لفظ تھے---- چہرے پر فرق کی ریکھائیں تھیں۔

سالگ رام نے اشنان کر لیا۔ مندر ہو آئے وہ برسوں پیچھے چھوٹی چھوٹی آواز کی زد میں ہوتا اور سالگ رام یہ بھی دیکھ رہا تھا، محبت، میل ملاپ کی کہانیاں تاریخ کے پنّوں میں کھوئی جا رہی ہیں۔ ملک کے حاشئے پر جب سرخ سرخ خون پھیل جاتا تو سالگ رام اپنے اندر چھپے اس چٹلی والے سالگ رام کا جائزہ ضرور لیتا جو نفرت کے اس اندھڑ سے بڑی مشکل سے باہر نکل سکا تھا۔ اب سالگ رام کی پرچون کی ایک چھوٹی سی دُکان تھی لیکن شہر کی کلچرل سرگرمیوں میں بھی اس کی دلچسپی تھی۔

اس دن ایک مسلمان لونڈا اس کی دُکان پر بیٹھا بتا رہا تھا--- "ارے یار اسے جانتا ہے نا--- نور محمد--- سالا--- اپنے مذہب سے پھر گیا ہے--- مذہب وزہب کو نہیں مانتا--- عیدبقر عید جمعہ کی نماز بھی نہیں پڑتا ہے"

"ایسا--- "

سالگ رام کو تعجب ہوا----

مسلمان لونڈے نے دھیمی سرگوشیوں میں بتایا--- "کسی سے کہنا مت۔ سالا- --- کمیونسٹ ہو گیا ہے۔ پکا کمیونسٹ---- "

"کمیونسٹ---- "

ایک پل کے لے سالگ رام کو لگا جے سے اس نے کسی بھیانک حادثے کی کوئی

خبر سن لی ہو---- مسلمان ہے لیکن نماز نہیں پڑھتا۔ مسجد نہیں جاتا۔ کمیونسٹ ہو گیا ہے۔

بچپن کی ادھ میلی تصویر نگاہوں میں مچل اٹھی----تے رے سر پر پونچھ---- اور اس چٹلی والے سالگ رام نے غصے میں چڑایا تھا ملیچھ کہیں کا---- مسلمان لونڈے کے چلے جانے کے بعد سالگ رام کو اچانک جانے کیوں نور محمد سے ملنے کی خواہش ہوئی---- نور محمد کا نام کسی نہ کسی بہانے وہ برابر سنتا رہا تھا مگر اس سے ملے ایک مدت ہو گئی تھی----

اس دن وہ اپنے دوست کے ہمراہ کمیونسٹ پارٹی کے دفتر گیا تھا۔ دفتر میں تھوڑی سی بھیڑ بھاڑ تھی۔ اور اس بھیڑ میں رواں دواں بولتا ہوا ایک شخص نظر آیا جس کے ہاتھ پر بینڈج بندھا تھا اور جو ایک چھوٹی سی بچی کا ہاتھ تھامے تھا----بچی کسی انجانے خوف سے سہمی ہوئی تھی----

سالگ رام نے بینڈج والے نوجوان کو غور سے دیکھا اور وہ ادھ میلی سی تصویر اس کی نگاہوں میں ناچ اٹھی نور محمد۔

ہیلو کامریڈ---- ایک نوجوان نے نور محمد سے ہاتھ ملایا----نور محمد نے بھی اپنا بینڈج والا ہاتھ آگے کر دیا----

"یہ سب کیسے ہوا؟"

نور محمد کھکھلا کر ہنس دیا----بہت ہی سادی ہنسی تھی اس کی----

اس کے دوست نے بتایا---- اپنا کامریڈ بھی عجیب انسان ہے۔ دنیا میں کوئی بھی مرتا ہو----کسی کا بھی گھر جلتا ہو----کامریڈ کی آنکھوں میں آنسو دیکھ لو---- آج تحریک سے وابستگی تو ایک بے معنی سی شے ہو گئی ہے دوست---- نعرے بازی کی فضا

میں سانس لے نے والے بھلا زندگی کی گہرائی میں کیا اتر سکیں گے ---- کمٹمنٹ کیا ہو تا ہے، دیکھنا ہے تو نور محمد کو دیکھو۔ اپنے کامریڈ کو----

سالگ رام نے ایک بار پھر عجیب نظروں سے نور محمد کے ہنستے ہوئے چہرے کا جائزہ لیا---اور ایک دم سے اپنا ہاتھ اس کی طرف بڑھا دیا---

"سلام کامریڈ۔ دعا کرتا ہوں تمھاری صحت کے لئے"۔

نور محمد کھکھلایا---"کیوں ----میری صحت کو کیا ہوا----اچھا بھلا ہوں----"

سالگ رام کو کمیونسٹ پارٹی سے کوئی لگاؤ تو نہ تھا مگر نور محمد کی وجہ سے پارٹی دفتر کے چکر شروع ہو گئے تھے۔ اسے یہ آدمی اچھا لگا تھا---مکر و فریب اور بناوٹ کی دنیا سے دور----پھر نور محمد کی زندگی کی کتنی ہی حقیقتیں اس کے سامنے روشن ہوتی چلی گئیں----نور محمد کا بڑا بھائی ڈاکٹر تھا۔ ایک بہن پروفیسر ہے۔ باپ ایجوکیشن کے محکمے میں ڈپٹی ڈائرکٹر تھے۔ مگر خود نور محمد نے کسی کی بھی نوکری قبول نہیں کی----وہ چاہتا تو بہت کچھ کر سکتا تھا۔ مگر اس نے پورے طور پر خود کو پارٹی کے نام پر وقف کر دیا---اب وہ ہے اور اس کی پارٹی ہے۔ سورس آف انکم بالکل ہی نہیں ----اور وہ بچی----وہ چھوٹی سی بچی فساد کی دین ہے----شہر سے پچیس کلو میٹر دور گاؤں میں فرقہ وارانہ دنگے میں لڑکی کے گھر والے شہید ہو گئے ----ریلیف کے کام کے لے ے نور محمد بھی وہاں کا دورہ کرنے گیا تھا اور واپسی میں وہ اس لڑکی کا سرپرست بن کر لوٹا تھا---لڑکی ہندو تھی، جب کوئی اسے رکھنے کو تیار نہیں ہوا تو اسے نور محمد نے اپنے پاس رکھ لیا۔ نور محمد نے شادی نہیں کی تھی----اس کی وجہ وہ یہ بتاتا تھا کہ شادی کے بعد وہ پارٹی کو اپنا وقت دے نے کے قابل نہیں رہے گا۔

پارٹی دفتر کے اسٹور روم کو اس نے ایک چھوٹے سے صاف ستھرے کمرے کی شکل دے دی تھی۔ سالگ رام اس دن اچانک وہاں پہنچ گیا تو کیا دیکھتا ہے دروازہ کھلا ہے۔ وہ بچی اس کے پاس بیٹھی ہے اور کامریڈ اس چھوٹی سی بچی نکیتا کو پڑھا رہا ہے----

"پڑھو---- مسجد مندر دنگے کرواتے ہیں---- خدا ایک ان دیکھی طاقت کا نام ہے----اور جو چیز دیکھی نہیں گئی اس کا کیا ماننا"

پتہ نہیں وہ کتنی دیر سے اور کیا کیا تعلیم دے رہا تھا۔ سالگ رام اتنا ہی سن سکا۔ وہ سن سے تھا----چیل کی آواز سن کر کامریڈ نور محمد چونکا---- چہرے پر مسکراہٹ آگئی۔

"ارے سالگ رام---- آجاؤ---- "

نکیتا نے نمستے کی----

سالگ رام نے شک کی نگاہوں سے نور محمد کو دیکھا----

"یہ کیا پڑھا رہے تھے ---- اس کے لہجے میں ناراضگی تھی---- میں میں یہ سمجھوں کہ تم اس بچی کے ذہن میں ایک نامعلوم سا زہر بھر رہے ہو---- "

نور محمد نے ٹھنڈی سانس لی----"نہیں زہر باہر نکال رہا ہوں"۔

سالگ رام نے دیکھا---- نور محمد کا چہرہ اچانک بدلا تھا--- آنکھوں سے چنگاریاں نکلیں---

"اسے سچ بتا رہا ہوں ---- سچ سالگ رام---- اس لیے نہیں، جیسا کہ کہ تم سمجھ رہ ہو---- ایک لاوارث بچی مجھے مل گئی ہے ---- اور میں جس Shape میں چاہوں، اسے بدل سکتا ہوں ---- دنگوں نے اس کے ماں باپ چھین لیے---- صرف نکیتا ہی اس کی مثال نہیں ہے ---- یہ مہمل سا سوال ہے کہ نکیتا کا قصور کیا تھا- --- یا اس کے ماں باپ نے کیا گناہ کیے تھے ---- موقع پرستوں نے موقع پایا۔ گھر

لوٹا---گھر جلایا اور ایک بچی کو لاوارث بنا دیا--- یہ سب تمھارا مذہب کرا رہا ہے سالگ رام--- تمھارا مذہب--- تم جس کے ڈھول پیٹتے رہتے ہو--- مسجدوں کو آباد کرتے ہو--- مندروں میں شنکھ بجواتے ہو--- وہی تمھارا مذہب، جسے ان سیاسی بھیڑیوں نے مہرہ بنا رکھا ہے--- "

نور محمد کے چہرے پر آکروش تھا--- برسوں کی تہذیب، تمدن، سب کو تمھارے ان مذہبی جھگڑوں نے ختم کر دیا--- مثالی ملاپ محبت، اب تو بس ایک کھوکھلا ڈھانچہ بچ گیا ہے سالگ رام--- جس میں مندر اور مسجد قید ہے--- ہم تم کہاں باقی ہیں۔ یہ بچی بچی ہے، اس سے پوچھو تو مذہب کے نام پر اس کا چہرہ بدل جاتا ہے۔ کل کو یہی حال رہانا، تو نئی تہذیب کے بچے تمھارے مذہب سے نفرت کریں گے سالگ رام--- اور تم بس ترشول بھانجتے رہنا۔

ہنس مکھ چہرہ والے نور محمد کا پہلی بار اتنا خوفناک چہرہ دیکھا تھا سالگ رام نے--- اس بیچ صرف اتنا ہوا کہ نکیتا اٹھی پاس والے اسٹول پر رکھے گھڑے سے گلاس میں پانی ڈالا۔ پانی لاکر اس کے سامنے پیش کیا اور ایک طرف سمٹ کر چپ چاپ بیٹھ گئی---

سالگ رام نے سر اٹھایا۔ دھیرے سے کہنا چاہا--- کامریڈ نور محمد۔ سڑکوں پر اگر خون بہتا ہے تو اس میں مذہب کا کیا قصور--- سیاسی بھیڑیے اگر مذہب کو اپنا مہرہ بناتے ہیں تو دھرم کا کیا دوش--- تم اس بچی کے اندر زہر بھر رہے ہو

"نہیں--- اس عمر کے تمام بچے بچیاں کل اسی نتیجے پر پہنچیں گے۔ میں صرف اس سوچ کو کرید رہا ہوں--- "

پارٹی دفتر میں لوگوں کے آنے کا وقت ہو گیا تھا۔ اس لیے سالگ رام وہاں زیادہ دیر تک نہیں بیٹھا--- لیکن نور محمد کی آواز بار بار اس کے ذہن پر شب خون مار رہی تھی

کل اس عمر کے تمام بچے بچیاں

سالگ رام کی کنپٹی گرم ہو گئی۔

سالگ رام اس دن پنی دکان میں گاہکوں کو سودا دے رہا تھا کہ وہی مسلمان لونڈا اشر فوا آدھمکا۔

"نئی خبر سنتے ہو"۔

ترازو کے پلڑے کو غور سے دیکھتے ہوئے سالگ رام نے تھوڑی سی منڈی اٹھائی--

--"کوئی نئی خبر ہے کیا؟"

"بالکل تازی---"اشر فوانے دھماکا کیا--- جانتے ہو نور محمد نے جس بچی کو اپنے یہاں رکھا ہے اسے لے نے اس کا چچا آیا تھا---

"پھر؟"

بچی نے جانے سے صاف انکار کر دیا--- بات کافی بڑھ گئی--- ہنگامے بھی ہوئے۔ پارٹی دفتر کا معاملہ تھا---سارے لوگ نور محمد کے ہی ساتھ تھے---- چچا بکتا جھکتا لوٹ گیا---لیکن دھمکیاں دیتا ہوا گیا ہے۔ کہہ رہا تھا وہ سب کو دیکھ لے گا سالے ادھرمی ناستک کمیونسٹ بنتے ہیں سالے---- اپنا دھرم تو بھرشٹ ہے ہی بچی کا دھرم بھی بھرشٹ کراتے ہیں----

اشرف زور زور سے ہنس رہا تھا--- تم دیکھ لینا--- یہ سالا نور محمد اپنی کرنی سے مارا جائے گا۔ سالا مسلمان کے گھر پیدا ہو کر کمیونسٹ بنتا ہے ---- اماں کہتی ہیں کمیونسٹ کی قبر میں کیڑے پڑتے ہیں---- مرتے وقت مٹی بھی نصیب نہیں ہوتی---

-

سالگ رام کسی اور سوچ میں ڈوبا تھا--- دُکان پر چھوٹے سے ایک بچے کو بٹھا کر وہ

پارٹی دفتر نکل گیا---دفتر میں آج نکیتا والا مدا ہی زیرِ بحث تھا۔ نور محمد نے نکیتا کو پاس ہی بٹھا رکھا تھا---

ایک بزرگ نے سمجھایا--- بات بڑھانے سے فائدہ بھی کیا ہے نور محمد---- نکیتا کو چچا کے حوالے کر دو"۔

"میں چچا کے پاس نہیں جاؤں گی----"نکیتا کی آنکھیں سرخ ہو رہی تھیں۔

بزرگ نے بچی کی بات کو کاٹتے ہوئے کہا---"بچی کی پرورش ایک مشکل کام ہے کامریڈ----اور تمھیں کوئی تجربہ بھی نہیں---کئی دشواریاں بھی آسکتی ہیں"۔

"میں نہیں جاؤں گی"۔ نکیتا نے پھر چیخ کر کہا۔

نور محمد ایک جھٹکے سے اٹھا---اس کے چہرے پر ہلکی سی شکن تھی---بچی کی پرورش پارٹی کی دیکھ ریکھ سے زیادہ مشکل کام تو نہیں----یہ تجربہ ہی سہی----جب نکیتا کہتی ہے کہ وہ نہیں جائے گی تو وہ میرے ساتھ ہی رہے گی"۔

سالگ رام نے دیکھا، نور محمد کی اس بات پر وہاں کھڑے کئی کامریڈوں کے چہرے تن گئے تھے۔ اس نے دھیرے سے سوچا---کیا اس لیے؟ کہ وہ لڑکی ہندو ہے اور اسے چچا کے پاس بھیجنے کا مشورہ دینے والے بھی---اس نے صرف دیکھا---- اور دیکھتا رہا۔ کہا کچھ بھی نہیں۔ نکیتا چاچا کے ساتھ کیوں نہیں گئی، کچھ ہی دیر بعد اس کا جواب نور محمد کی وہی پرانی مسکراہٹ دے رہی تھی۔

"سیدھی سی بات ہے سالگ رام---- دنگے مندر مسجد کرواتے ہیں۔ لڑکی کے ذہن میں یہ بات بیٹھ گئی ہے۔ وہ میرے پاس خود کو زیادہ محفوظ سمجھتی ہے"۔

لیکن دراصل معاملہ تو اب اٹھ رہا تھا۔ جیسے دھیرے دھیرے یہ بات پارٹی دفتر سے نکل کر چہ می گوئیوں کا لباس پہننے لگی تھی---دھیرے دھیرے یہ بات پھیلنے لگی

کہ ایک مسلمان شخص فساد میں مارے گئے ایک ہندو خاندان کی لاوارث بچی کی پرورش کر رہا ہے ---- بات آگے بڑھی تو پارٹی دفتر میں دھمکیاں پہنچنے لگیں۔ نور محمد اپنی بات پر اڑا تھا---- نکیتا اپنی مرضی سے جانا چاہے تو اسے کوئی انکار نہیں۔

اور نکیتا کا جواب تھا---- اس کا چاچا ہندو ہے ---- مندر مسجد دنگے کرواتے ہیں۔ وہ یہیں نور محمد کے پاس رہے گی

لیکن نور محمد بھی تو مسلمان ہے ----

"نہیں"۔ نکیتا بس اتنا ہی جواب دیتی اور وہی پُر اسرار قسم کی چپّی سادھ لیتی ---- نہ منہ پر ہنسی نہ چہرے پر ذرا بھی مسکراہٹ ---

پارٹی دفتر میں اس دھمکی کا اثر پڑا تھا----

اگر دفتر غصے میں آکر جلا دیا گیا تو پارٹی کا بہت نقصان ہو جائے گا---- قیمتی کاغذات تک برباد ہو جائیں گے ----

کسی نے سمجھایا---- نور محمد تمھارا یہاں رہنا خطرے سے خالی نہیں ---- اگر بچی کو اپنے پاس رکھنے کی ضد ہے تو پھر یہ جگہ خالی کر دو ----

نور محمد اچانک چونک اٹھا۔ غور سے اس بوڑھے پارٹی ورکر کا چہرہ دیکھا۔ اتنے غور سے کہ بوڑھا کامریڈ ایک دم سے گھبرا گیا۔

نور محمد کے اندر جے سے کسی نے زبردست سناٹا بھر دیا تھا---- اس نے اپنی پوری زندگی پارٹی کے نام وقف کر دی تھی ---- اسی لیے اس نے کہیں سروس نہیں کی ---- شادی نہیں ---- ڈاکٹر بھائی اور ایڈوکیٹ بہن اس کا خرچ پورا کرتے ہیں یہ محتاجی تو اس نے صرف اور صرف پاٹی کے لیے ہی قبول کی تھی ---- لیکن وہ یہ کیا سن رہا ہے

ٹن ٹن

ذہن پر جیسے کوئی لگاتار ہتھوڑا مار رہا تھا---تم یہ جگہ خالی کر دو نور محمد۔ تم یہ جگہ چھوڑ دو آؤ نکیتا----

نور محمد نے نکیتا کا ہاتھ تھام لیا---بوڑھے پارٹی ورکر نے چونک کر نور محمد کی طرف دیکھا----

"تم میری بات کا بُرا تو نہیں مان گئے کامریڈ!"

"نہیں تو---" نور محمد مسکرایا۔ "بالکل نہیں---یوں بھی کرایہ لگا کر اس کمرے کے دو سو روپے آسانی سے مل سکتے ہیں----کیوں کامریڈ؟

پھر وہ رُکا نہیں----نکیتا کا ہاتھ تھام کر تیزی سے باہر نکل گیا----

سالگ رام ایک بار پھر سن سا تھا۔ دکانداری میں دل نہیں لگ رہا تھا----کان بج رہے تھے----ذہن میں آندھیاں چل رہی تھیں لیکن نور محمد بھی تو مسلمان ہے نہیں اگر انسان کہوں تو جسے آج کے دور میں ایک سطحی، بے حقیقت سا لفظ بنا دیا گیا ہے انسان؟ کیسے ہوتے ہیں؟ جیسے ہزاروں گھوڑے اس کی فکر کے میدان کو روندتے ہوئے بڑھ رہے تھے----ٹاپ ٹاپ

اس نے دیکھا----ایک کمرے کا ایک چھوٹا سا گھر ہے----دو بچے بیٹھے ہوئے ہیں اور نور محمد ٹیوشن پڑھا رہا ہے ٹیوشن پڑھاتے پڑھاتے اچانک اس نے نظر اٹھائی---چونک گیا---

سالگ رام----کب آئے بیٹھو جاؤ لڑکو----بعد میں آجانا---- ::

لڑکوں کے جانے کے بعد نور محمد نے مسکراتے ہوئے نکیتا کی طرف دیکھا۔ پھر وہی پرانی مسکراہٹ چہرے پر سجا کر بولا----

پارٹی کے علاوہ بھی میری ایک ذمے داری بڑھ گئی ہے----یہ----اس نے

نکیتا کی طرف اشارہ کیا---ٹیوشن پڑھا رہا ہوں آج کل---کچھ آمدنی ہو جاتی ہے۔---"

لفظوں میں درد سمٹ آیا تھا۔ لیکن وہ اس درد کا اظہار نہیں کرنا چاہتا تھا۔

ہم نام دے کر رشتوں کو بانٹ دیتے ہیں سالگ رام آخر میں نکیتا کی پرورش کیوں نہیں کر سکتا۔ کیا صرف اس لیے کہ میرا نام مسلمان کا ہے زندگی کے مفہوم کو ہم اب بھی غلط راستوں میں تلاش کر رہے ہیں سالگ رام---ہماری غلطی یہی ہے کہ ہم ناموں میں جوہر تلاش کرتے ہیں اور پہچان ڈھونڈتے رہتے ہیں

اس کے چہرے پر کرب ہی کرب تھا---نکیتا کا معاملہ اب قانونی رنگ اختیار کر گیا ہے"۔

"پھر کیا ہو گا؟"

نور محمد نے ایک بوجھل سانس لیا---مندر مسجد معاملے کی طرح اس میں بھی مذہب کا رنگ ہے ظاہر ہے تمھارا مذہب جیت جائے گا، میں ہار جاؤں گا

اس کے چہرے پر ایک زہریلی مسکراہٹ طلوع ہوئی تھی---تم رتھ یاترائیں نکالتے ہو پد یاترائیں کرتے ہو---اور تمھارے رہنما نفرت کی روٹیاں تقسیم کرتے کرتے دلوں کو تقسیم کرتے جاتے ہیں---مجھے آنے والے وقت اور کل کے ہندستان سے ڈر لگتا ہے---خیر چھوڑو---چائے پیو گے پاس ہی ہوٹل ہے۔ میں چائے کا آرڈر دے کر آتا ہوں

نور محمد نے چپل پہنی اور کمرے سے باہر نکل گیا۔ سالگ رام کے پاس اتنا موقع کافی تھا کہ تجسس کے پرندے کو آزاد کر کے وہ نکیتا سے تھوڑی سے بات چیت کر سکے----

"نکیتا---" اسے اپنی آواز بہت کمزور سی لگی۔

نکیتا نے نظر اٹھا کر اس کی طرف دیکھا----

"نکیتا تم سچ مچ چاچا کے پاس نہیں جانا چاہتیں؟"

"نہیں ---- وہاں سب دھرم کو ماننے والے لوگ ہیں ---- وہ کسی بزرگ کی طرح گویا تھی ---- اور دھرم انسان کا دشمن ہے۔ دھرم دنگے کرواتا ہے ---- خدا ایک ان دیکھی سچائی ہے ---- اور جو چیز دیکھی ہی نہیں گئی اس کا کیا ماننا ---- ملک میں آج جو کچھ ہو رہا ہے وہ سب دھرم کے ٹھیکیدار۔

سالگ رام کو اس کی آنکھوں میں بڑھاپا اُترا ہوا لگا ---- اسے لگا جیسے نکیتا نے اپنا سبق کچھ اس طرح یاد کر لیا ہو کہ اب کبھی نہیں بھولے گی سالگ رام کے دل میں اتھل پتھل سی مچ گئی ---- اس کے لفظ گونگے تھے وہ غور سے اس چھوٹی سی بچی کا چہرہ پڑھ رہا تھا جو اس لہولہان بھارت میں ---- وقت کے تھپیڑوں میں کھو کر ---- کہیں بہت زیادہ جوان اور تجربہ کار ہو گئی تھی ----

تبھی نور محمد دو چائے کے گلاس لے کر آ گیا۔ اس کا لہجہ خوف زدہ تھا۔ "چائے پی کر یہاں سے سیدھے گھر چلے جاؤ سالگ رام۔ بازار میں ٹینشن ہے"۔

نکیتا نے خوفزدہ نگاہوں سے نور محمد کی طرف دیکھا اور نور محمد چائے کا گلاس کانپتے ہاتھوں میں اٹھا کر کمرے میں ٹہلنے لگا ----

"یہ کیسا ملک ہے یہ اس ملک میں کیا ہو رہا ہے کامریڈ نور محمد نہیں رہا وہ سرپٹ بھاگ رہا ہے پاگلوں کی طرح وہ جیسے اس موضوع پر کچھ بھی سوچنا نہیں چاہتا ذہن کی نسیں جیسے اچانک ہی کس جائیں گی۔ پھر چٹخ جائیں گی۔ لیکن کامریڈ نور محمد کا وہ زرد زرد سا چہرہ سالگ رام کی نگاہوں سے اوجھل نہیں ہوتا ہر بار جیسے مسکراتا ہوا وہ شخص سانپ کی طرح کنڈلی مار کر سامنے ہی بیٹھ جاتا ہے مجھے دلوں کی تقسیم سے ڈر لگتا ہے سالگ رام آنے

والے وقت اور کل کے ہندستان کے تصور سے دور تک خون کے چھینٹے ہی چھینٹے ہیں۔ اور ان میں ایک لہولہان تصویر بچی ہے کامریڈ نور محمد کی سالگ رام ذہن کے دروازے کو سرکش گھوڑے اب تک روند رہے ہیں سالگ رام، تم ایک بے مروت ملک کی پیداوار ہو سالگ رام۔

اور سالگ رام کو لگتا ہے اگر اس کے بس میں ہوتا تو وہ اس ملک سے نفرت کرتا ہاں اس ملک سے زوردار نفرت۔ ہاں اس ملک سے جہاں وہ جنما ہے ایک چھوٹا سا بچہ جب کسی بات پر ناراض ہوتا ہے تو وہ اپنا سارا غصہ اپنی ماں پر نکالتا ہے ---- اسے بھی ملک پر غصہ کرنے کا حق ہے

اس کے وجود پر جیسے برف کی موٹی موٹی سل رکھ دی گئی تھی شہر جب لہو کی سرخیاں لکھ رہا تھا، یہی نور محمد تھا جو اپنی جان کی پروانہ کرتے ہوئے لوگوں کو بچانے میں مصروف تھا۔ مگر اسے کیا ملا ---- سوائے ایک مسلمان سمجھے جانے کے اور کیا اسے ---- اور نکیتا نکیتا کو تو وہ اسی روز پارٹی دفتر چھوڑ آیا تھا ---- شاید اس نے کسی انجانے خطرے کی بو سونگھ لی تھی

سالگ رام سالگ رام ایک بار پھر بھیانک سناٹے میں ہے۔ اس کے گلے سے گھڑ گھڑانے جیسی آواز نکلتی ہے ---- ٹھیک ویسی جے سے کتے پتھر مارنے پر نکالتے ہیں۔

سالگ رام سرپٹ بھاگ رہا تھا اور بھاگتے ہوئے وہ صرف ایک ہی سوال کی زد میں تھا ----

"آخر دنگائیوں نے نور محمد کو کیا سمجھ کر مارا ہے؟"

نور محمد تو مسلمان نہیں تھا ---- نور محمد تو کمیونسٹ تھا ---- پھر اسے مارنے والوں

نے----

پھر وہ سرپٹ بھاگ رہا ہے----

اور اب وہ پارٹی دفتر میں تھا---پارٹی دفتر میں ایک گہرا سناٹا چھایا ہوا تھا---- بیچ میں دھیرے دھیرے سسکیاں بھرتی نکیتا کھڑی تھی۔ قانونی پیچیدگیوں میں الجھی نکیتا---بہت ساری آنکھیں سوالیہ نگاہوں سے نکیتا کو گھور رہی تھیں----

"اس کا کیا ہوگا؟ کہاں جائے گی یہ؟ کیا چاچا کے پاس؟"

اچانک سالگ رام کے بدن میں حرکت ہوئی۔ اس نے غور سے نکیتا کو دیکھا، پھر دھیرے دھیرے اس کی طرف بڑھنے لگا---اور آگے بڑھ کر اس کا ہاتھ تھام لیا----

"نکیتا---تم میرے ساتھ چلوگی"۔

نکیتا کی سسکیاں اچانک رُک گئیں------اس نے سالگ رام کی طرف عجیب نظروں سے دیکھا---

"سالگ رام میں تمھارے ساتھ چل سکتی ہوں اگر تم دھرم کو

اور بہت سارے لوگوں کی طرح سالگ رام نے بھی دیکھا، نکیتا کسی ٹیپ کی طرح شروع ہوگئی تھی

دھرم انسان کا دشمن ہے۔ دھرم دنگے کرواتا ہے خدا ایک اَن دیکھی سچائی ہے۔ جو وہ چیز دیکھی نہیں گئی، اس کا کیا ماننا ملک میں آج جو کچھ بھی ہو رہا ہے وہ سب دھرم کے ٹھیکیدار

***

اکیلے آدمی کی موت

عزیز الدین دیر تک اپنے کمرے میں ٹہلتے رہے۔ صبح سے موسم بھی خراب تھا۔ پرانی کھانسی کی شکایت بھی تھی۔ چلتے چلتے کھانسنے لگتے۔ سانس پھول جاتی تو کرسی پر کچھ دیر کے لئے سستانے بیٹھ جاتے۔ کوئی تو نہ تھا اس بڑے سے گھر میں اُن کے سوا___ اور جب سے اُن کی نظر اس عجیب سے اشتہار پر پڑی تھی، تو بڑھاپے کے کمزور سے دل پر جیسے زلزلہ آ گیا تھا۔ دیر تک اشتہار کو عجیب سی نگاہوں سے گھورتے رہے۔ احمد حسین زندہ ہے۔ میرا دوست، میرا یار، ابھی بھی زندہ ہے اور اپنے ہی جیسا اس دنیا میں تنِ تنہا اکیلا۔۔۔۔ بے چینی بڑھ جاتی تو کمرے میں ٹہلنے کا عمل ایک بار پھر شروع ہو جاتا۔ دمے کے مریض ٹھہرے۔ سانس پھولنے لگتی۔ جب سے یہ خبر پڑھی تھی ایک سیکنڈ بھی چین سے نہیں بیٹھے تھے۔ خود ہی اٹھے اور لاٹھی ٹیکتے ہوئے دوستوں کو خبر کرنے چل دئے۔ کچھ ہی دنوں بعد عید تھی اور اس وقت عزیز الدین بے صبری سے اپنے دوستوں کے آنے کا انتظار کر رہے تھے۔

سب سے پہلے حمید بھائی آئے۔ رکشہ سے بڑی مشکل سے اُترے۔ لاٹھی ٹیکتے ہوئے عزیز الدین کو آواز دی۔ پوپلے چہرے پر مسکراہٹ پھیل گئی۔ حمید بھائی ایک دو سال بڑے رہے ہوں گے۔ سہارا دیتے ہوئے، خود بھی گرتے پڑتے حمید بھائی کو اندر لے آئے۔ حمید بھائی صوفے پر پھیل گئے۔

اب چلا نہیں جاتا عزیزو___

عزیزالدین نے ایک لمبی سانس کھینچی۔ بڑھاپے نے کسی لائق نہیں چھوڑا۔ کل تک اس بارے میں کچھ نہیں سوچا۔ مگر اب سوچتا ہوں اکیلے آدمی کی موت کیسے ہوتی ہوگی؟

حمید بھائی کے 'رعشہ' بھرے ناتھ صوفے کی دھول صاف کرتے رہے۔ آنکھیں یوں ہی بے مطلب سی اِدھر اُدھر گھورتی رہیں۔

موت ہمارے لئے سب سے تکلیف دہ چیز ہے۔ موت جو بغیر خبر کئے آئے گی موت جو اکیلی آئے گی اور رونے والا کوئی نہ ہوگا۔

اور سہارا دینے والا کوئی نہ ہوگا۔ آخری منزل کو پہنچانے والا کوئی نہ ہوگا۔ عزیز بھائی پھیکی مسکراہٹ اُگلتے ہوئے بولے۔ کوئی پاس پڑوس میں خبر دینے والا نہ ہوگا۔ مزار پر فاتحہ پڑھنے والا نہ ہوگا۔

بس اکیلے پن کو کاٹ رہے۔ کم بخت موت سے ڈر لگتا ہے۔ ہمارے بعد کون ہے، ہمارے پیچھے کون ہے؟

دروازے پر ایک ساتھ کئی قدموں کی آہٹ گونجی ___ عزیزالدین سنبھل گئے ___ لگتا ہے سب آ گئے ___ تیز قدموں سے باہر نکل آئے۔ کھانسی ایک بار پھر تیز ہو گئی تھی۔ باہر قمر بھائی، مشتاق بھائی اور سمیع بھائی تینوں کھڑے تھے۔۔۔ اپنے اپنے جان لیوا بڑھاپے کے ساتھ۔۔۔ جھرّی بھرے پوپلے ہونٹوں پر سنجیدگی طاری تھی۔

آیئے، آیئے۔۔۔ عزیزالدین کی آنکھوں میں چمک تھی۔

تینوں بوڑھے قدم دابے اندر چلے آئے۔ حمید بھائی سے ہاتھ ملایا۔ پھر اپنے اپنے صوفے پر جم گئے۔ قمر بھائی کی آنکھوں میں موتیابند اتر آیا تھا۔ کمزور آواز میں بولے۔

تم نے آج بلایا تو بے حد مسرت ہوئی کہ اس بڑھاپے میں بچپن کی تاریخ دُہرائی جا سکتی ہے ___ اپنا احمد زندہ ہے ___ اور اسی شہر میں ہے۔ اس خبر سے بتا نہیں سکتا کیسی

خوشی ہو رہی ہے۔

عزیز الدین سمیت پانچوں بوڑھے کرسیوں پر سر جھکائے بیٹھ گئے۔ عزیز نے اخبار سے اشتہار والا صفحہ کھول لیا۔ کمرے میں پُراسرار خاموشی پھیل گئی۔

عزیز نے دوبارہ کہا ___ بھائی ___ !، اکیلے پن کا ایک غم یہ بھی ہوتا ہے کہ میں تم لوگوں کو کھلا پلا نہیں سکتا۔ کوئی خاطر نہیں کر سکتا۔ مگر ٹھہرو ___ حلیم کو آواز دیتا ہوں ----وہی تو ہے---- فرمانبردار---- خاندانی----

ح----ل----ی----م ___ کھانسی سے اُبھری ہوئی آواز کمرے کے اندر ہی دم توڑ گئی ___ عزیز الدین کی آنکھیں بھر آئیں ___ مگر حلیم آئے گا کہاں سے---- حافظہ ساتھ نہیں دیتا۔ یادداشت کمزور ہو گئی ہے۔ سب کچھ بھول جاتا ہوں۔

کیا ہوا ___ حلیم کہاں ہے ___ ؟ قمر بھائی نے اکڑتے ہوئے پیر کو سیدھا کرتے ہوئے پوچھا۔

حلیم نہیں رہا۔ عزیز بھائی کی آواز بیٹھ گئی۔ مگر جی نہیں مانتا کہ وہ نہیں ہے۔ ہر بار لگتا ہے وہ یہیں کہیں موجود ہے۔ ابھی نکل کر سامنے کھڑا ہو گا۔ اکیلے بیٹھے میں گھبرا جاتا ہوں تو اُسے آواز دیتا ہوں---- مگر حلیم ہے کہاں جو آئے گا---- صدا لوٹ آتی ہے!

حلیم نہیں رہا۔ کمرے میں سناٹا پھیل گیا ہے۔

اس کے کھلائے ہوئے پکوان اب تک یاد ہیں۔ کتنی خاطر کرتا تھا ہماری! کیسی میٹھی میٹھی باتیں کیا کرتا تھا۔ وہ بھی تو ہم میں سے ہی ایک تھا۔ تن تنہا اور اکیلا۔ سمیع بھائی بولے۔

حلیم کے قصّے اب تک یاد ہیں۔ چٹخارے لے لے کر سنانے کا انداز ___ کیسی کیسی باتیں کیا کرتا تھا۔ خبطی، کم بخت کبھی اپنے سے الگ نہیں لگا۔ قمر بھائی کی آواز بیٹھ گئی۔

مگر حلیم کو ہوا کیا تھا؟

کچھ نہیں۔ نیک مرد تنہائی سے گھبرا گیا تھا۔ مرنے سے کچھ روز پہلے عجیب بہکی بہکی باتیں کرنے لگا تھا۔ ایک صبح جب چائے کے لئے اُسے آواز لگائی تو کوئی آواز نہیں آئی۔ دل بیٹھ گیا۔ باورچی خانے کے پاس ہی چارپائی نکال کر وہ سویا کرتا تھا ___ وہاں چارپائی پر اس کا بیٹھا ہوا مردہ جسم پڑا تھا۔ کتنی مشکل پیش آئی تھی۔ کسی طرح محلے والوں کو تیار کیا۔ پیسے دئے۔ انتظامات کئے۔ مگر خود اس کا کاندھا دینے نہ جا سکا ___ عزیز بھائی کی آواز بھاری ہو گئی تھی۔

کم بخت حلیم کو کتنے لوگ مل گئے تھے سہارا دینے کے لئے ___ ہماری خبر محلے والے کو کون دے گا ___ ؟

کمرے میں ایک بار پھر خاموشی چھا گئی۔ جھُرّی بھرے چہرے پریشانی میں ڈوب گئے۔

خود ہی چائے بناتا ہوں ___ روٹیاں بناتا ہوں ___ ادھ جلی سبزیاں بنالیتا ہوں اور کھالیتا ہوں۔ گوالا دودھ دے جاتا ہے۔ کبھی کبھی بغل سے فہمیدہ آکر صفائی کر جاتی ہے۔ پڑوس کا نوکر آکر بجلی کا بل بھر جاتا ہے۔ بس سارا کام اسی طرح ہو جاتا ہے۔ ہاں رات بڑی تکلیف میں گذرتی ہے۔

رات ہم سب کے لئے موت سے بدتر ہے۔ چاروں بوڑھے ایک ساتھ بولے۔ پھر چُپ ہو گئے۔

حمید کانپتی آواز میں پھر بولے۔ بس رات نہیں کٹتی یارو! دن تو کتابوں میں کٹ جاتا

ہے ___ رات نہیں کٹتی۔ آسیبی خیالات دماغ کو بوجھل بنادیتے ہیں۔

ہم ہمیشہ سے اکیلے رہے۔ سمیع بھائی نے برسوں پرانی کہانی کو جاری رکھتے ہوئے کہا ___ میں، عزیز، مشتاق، قمر، احمد حسین اور حمید ___ سب اکیلے رہے ___ ہم میں خوش قسمت احمد حسین رہا ___ جس نے اس دوستی سے بغاوت کی اور شادی کرلی۔ کہتا تھا جب اکیلے پن میں تم لوگ تھک جاؤ تم ہمارے یہاں آجانا ___ بیوی بچوں میں دل بہل جائے گا۔ مگر بدقسمت رہا احمد حسین بھی۔ شادی کے تین سال بعد ہی بیوی رخصت ہوگئی اور بٹیا بھی ایک چھوٹی سی بیماری میں چھوڑ کر چلی گئی ___ ننھی منی سی جان کے مرنے پر کتنا رویا تھا احمد حسین ___! پھر ہماری اس تنہا بزم میں شریک ہوگیا۔

احمد حسین ہے کہاں ___؟

عزیز الدین نے کانپتے ہاتھوں سے اخبار کا بیچ والا صفحہ کھولا، جس میں ایک بڑا سا اشتہار شائع ہوا تھا:

میرے دوستو! اگر تم زندہ ہو اور اچھے حال میں ہو تو میں چاہتا ہوں کہ زندگی کی آخری عید تمہارے ساتھ مناؤں۔ میں تمہارے ہی شہر میں ہوں اور کچھ ہی دن پہلے آیا ہوں۔ مگر افسوس لاچار ہوں، مل نہیں سکتا۔ اگر یہ اشتہار میرے کسی بھی دوست کی نظر سے گذرے تو وہ باقی دوستوں کو اس کی خبر کردے کہ احمد حسین زندہ ہے مگر عجب حال میں ہے ___ اور آخری عید دوستوں کے ساتھ منانے کا خواہش مند ہے۔

وہ ہمارے ہی شہر میں ہے اور تنہا ہے۔

سب پھر چُپ ہوگئے۔ اچھا ہوگا کہ ہم عید میں ہی اس سے ملیں اور حیرت میں ڈال دیں۔ بوڑھی آواز کپکپی کا شکار ہوگئی تھی۔

احمد حسین زندہ ہے۔ مگر عید کیا یوں بھی آتی ہے کہ دبے پاؤں رخصت ہو جائے۔

کچھ خبر نہ ہو۔ نہ گھگھنی نہ پھلوڑی۔ نہ وہ رمضان کے ہنگامے نہ وہ افطار کی خوشبو۔ وہ مزے مزے کی حکایتیں، سب پرانے قصّے ٹھہرے۔ قمر بھائی کہہ رہے تھے۔ ایسے میں بچپن یاد آتا ہے عزیز بھائی! پھولوں کے بستر پر گذرا ہو بچپن ___ افطار کی خوشبو یاد آتی ہے اور عید کے ہنگامے ۔۔۔ مگر نوکری میں آنے کے بعد زندگی میں ایک بھی لمحہ ایسا نہیں آیا۔

آتا بھی کیسے ؟ سمیع بھائی بولے۔ ہماری دوستی بے مثال رہی۔ اس لئے کہ ہماری کہانی ایک تھی۔ زندگی جینے کا طریقہ ایک تھا ___ ہم سب اپنے ماں باپ کی واحد اولاد تھے۔ ہم نے زندگی کا اہم ترین فیصلہ بھی ایک ساتھ کیا کہ شادی نہیں کریں گے۔ صرف احمد حسین نے اس رائے سے اختلاف کیا اور وہ بھی صرف تین سال بعد ہماری برابری میں آ گیا۔

بے چارہ احمد حسین!

پانچوں بوڑھے پھر چُپی اوڑھ کر بیٹھ گئے۔ احمد حسین کہاں ہو گا۔ ہاں یاد آیا۔ پتہ اُسی گھر کا ہے جہاں پہلے رہتا تھا۔ دوسرے شہر میں نوکری کرنے کے باوجود اس گھر کو اُس نے نہ کرائے پر چڑھایا نہ فروخت کیا۔ پنشن یافتہ ہونے کے کافی سال بعد پھر اسی شہر میں لوٹ آیا۔ مگر خبر تو کرنی چاہئے تھی۔

احمد حسین نے خبر کیوں نہیں کی ۔۔۔؟

ہاں خبر کیوں نہیں کی؟ بوڑھے پھر سوالوں میں کھو گئے۔ بڑھاپے سے ابھرتے بہت سارے سوالوں پر کسی جواب کی مہر نہیں لگائی جا سکتی۔ اس نے ایسا کیوں کیا؟ کیوں نہیں کیا ___ ؟ نہ اعضاء ہی سلامت رہتے ہیں نہ شعور باقی رہتا ہے۔ ہاں اب سوال یہی ہے کہ عید کے روز ہمیں اچانک ایک ساتھ جا کر اُسے حیران کر دینا ہے کہ بوڑھے صرف

تم ہی نہیں ہم بھی ہیں اور آخری عید کیوں ــــ۔ جب اس شہر میں ہیں، تو بہت ساری عیدیں ابھی ساتھ ساتھ ہی منائیں گے ــــ!

حمید بھائی کے ساتھ ساتھ تمام بوڑھی آنکھوں میں چمک جاگ اٹھی۔

قمر بھائی نے آہستہ سے کہا: ہم میں اب تک کتنا جوش ہے یارو جبکہ ہم میں سے تقریباً سبھوں کو ریٹائر ہوئے دس سال گذر چکے ہیں۔ گورنمنٹ سمجھتی ہے کہ ساٹھ سال کی عمر میں آدھی بوڑھا اور ناکارہ ہو جاتا ہے اور ایک دو سال میں موت اُچک لیتی ہے۔ ہم نے ایک ساتھ گورنمنٹ اور موت دونوں کو بھینگا ہوا تماچہ مارا ہے ــــ۔

ہم میں سے ہر آدمی ابھی دس سال اور زندہ رہے گا ــــ سمیع نے جوشیلی آواز میں کہا۔

بوڑھی آنکھیں ذرا دیر کو روشن ہو گئیں۔ پھر عزیز بھائی اندر گئے۔ کچھ میٹھا نمکین لے آئے۔ خود ہی چائے بنائی۔ سب کو پیش کی۔ اس طرح بوڑھوں کی یہ محفل برخاست ہو گئی اور یہ بات طے پائی کہ عید کی نماز سے فارغ ہو کر وہ لوگ رکشے پر سوار ہو کر احمد حسین کے گھر کے لئے روانہ ہو جائیں گے۔

پرانے راشن کی یاد تازہ کرتے ہوئے باقی چاروں بوڑھے، تھکے ہارے قدموں سے اپنے اپنے گھر کی جانب روانہ ہو گئے۔

اور یہ عید کی دوپہر کا قصّہ ہے جب پانچوں بوڑھے ایک خستہ سے مکان کے دروازے پر رکشہ سے اُتر رہے تھے۔ رکشے والے کو پیسہ تھماتے ہوئے حمید نے اپنی خشخشی داڑھی پر ہاتھ پھیرتے ہوئے کہا: پتہ نہیں احمد حسین اب کیسا ہو گا۔ پہچانے گا بھی یا نہیں؟

کیسے نہیں پہچانے گا۔ ہماری طرح ہی بوڑھا ہو گیا ہو گا۔

اس کی شادی بھی تو ہوئی تھی۔ ہم میں سب سے بوڑھا وہی ہو گا۔ حمید بھائی نے پھیکا سا قہقہہ اُچھالا۔ پھر ایک ساتھ سب کے ہاتھ دروازے پر دستک کے لئے اُٹھ گئے۔ عزیزالدین نے دستک کے ساتھ صدا بھی لگائی۔

احمد حسین ہم ہیں۔

عید کی صبح بارش سے نہائی ہوئی جان پڑ رہی تھی۔ آسمان پر ابر چھایا ہوا تھا۔

اندر کوئی نہیں ہے کیا___؟ بوڑھی آنکھوں میں تشویش کی لہر جاگ اٹھی۔

دروازہ تو کھلا ہے۔ احمد حسین کو اندر ہونا چاہئے۔ حمید بھائی نے رائے دی۔

اکیلا آدمی ہے۔ دستک کیا دینا ہے۔ چلو اندر چلو۔ کہیں گیا بھی ہو گا، تو آ جائے گا۔

پھر پانچوں بوڑھے کھلے دروازے سے اندر داخل ہو گئے۔ اندر گہرا سناٹا پھیلا ہوا تھا۔ دیوار سے خوفناک آنکھیں جھانک رہی تھیں۔ سامنے ایک کمرہ تھا اور کمرے میں بستر پر۔۔۔!

بوڑھے جسم میں جیسے کسی نے نشتر اُتار دیا ہو۔ سن سے رہ گئے پانچوں بوڑھے۔

یہ اپنا احمد حسین ہے۔۔۔

جسم میں لرزہ سا طاری ہوا۔ تیز قدموں سے سب آگے بڑھے۔ پھر اپنی اپنی جگہ جیسے بت ہو گئے۔ احمد حسین کی آنکھیں خلاء میں دیکھ رہی تھیں۔ سرہانے کالی بلّی بیٹھی تھی جو دیکھتے ہی بھاگ کھڑی ہوئی۔ ٹیبل پر جلتی ہوئی اگربتی کی راکھ پڑی تھی۔

احمد حسین نہیں رہا___! حمید کی بوکھلائی ہوئی آواز غمزدہ ماحول میں لرز اٹھی، سمیع بھائی نے کانپتے ہاتھوں سے دوست کے چہرے کو بغور دیکھتے ہوئے چہرے پر چادر کھینچ لی___ پھر سب کے سب کانپتے ہوئے نیم مردہ وجود کے ساتھ زمین پر بت بن کر بیٹھ گئے جیسے اپنے ہوش وحواس بحال کر رہے ہوں___ کمرے سے وحشت ٹپک رہی تھی۔

کافی دیر بعد عزیز بھائی نے جھُریوں سے جھانکتی بدحواس بوڑھی آنکھوں میں دیکھتے ہوئے کہا:

عید کا دن احمد حسین کے لئے خوش قسمت ثابت ہوا ہے۔ لگتا ہے آج صبح ہی اس کی موت ہوئی ہے۔ جلتی ہوئی اگر بتی کی راکھ اس بات کی گواہ ہے کہ مرنے والے کو اپنی موت کا احساس ہو گیا تھا۔ اس نے خود ہی اگر بتی جلائی اور چادر اوڑھ کر سو گیا۔ خوش قسمت تھا احمد حسین کہ اُسے سہارا دینے کے لئے ہم آ گئے ہیں مگر۔۔۔

بوڑھی آواز کمرے کی ویرانی میں تھرتھرا اُٹھی۔۔۔ سوال یہ ہے کہ ہمارے لئے کون آئے گا۔۔۔ کون آئے گا___؟

بوڑھی آنکھیں ڈبڈبا آئی تھیں۔ پھر پانچوں بوڑھے مضمحل قدموں سے باہر نکل آئے۔

آخری سفر کی تیاری جو کرنی تھی۔۔۔

***

اللہ ایک ہے، پاک اور بے عیب ہے

"میں بیتے ہوئے تمام لمحوں کو سمیٹ کر جی نہیں سکتا
کہ ان میں کچھ لمحے ایسے بھی ہیں
جو اپنے سیدھے تعلق کی بنا پر
میری موت کو آسان بنا دیں گے۔"

خلاء میں دیر تک دیکھتے دیکھتے آنکھیں تھک گئی ہیں... معمولات کے بندھے ٹکے اصولوں کا آدمی ہانپ رہا ہے... گزرے ماہ و سال سے کتنی یادیں چرا لائی ہیں آنکھیں — ایک جگہ بیٹھے بیٹھے طبیعت بھی اکتا جاتی ہے۔ یادیں میرے ساتھ ساتھ چھت پر ٹہلتی ہیں ... میری لمبی لمبی سانسوں میں الجھتی ہیں... ہانپتی ہیں اور جب یادوں کی یلغار ایک دم سے مجھے پریشان کر دیتی ہے... شریانوں میں خون کے گرم گرم لاوے دوڑ جاتے ہیں۔ دماغ کی نسوں میں تناؤ آجاتا ہے اور سب مل کر مجھے مخبوط الحواس بنا دیتے ہیں... تو اچانک بالکل اچانک چھت پر پاگلوں کی طرح دوڑنے لگتا ہوں... دوڑتے دوڑتے ہانپنے لگتا ہوں... دونوں ہونٹ کھلے ہوتے ہیں اور آنکھیں دہشت زدہ ہو کر گزرے مناظر سے نجات چاہتی ہیں اور یادوں کا مکروہ چہرہ شبِ دیجور کی الگنی پر کسی چمگاڈر کی طرح لٹک جاتا ہے... !

لمبی لمبی سیڑھیاں طے کر کے نیچے آتا ہوں... مگر نہیں کوئی نہیں... بے خواب کواڑوں کی طرح مقفل سارے کمرے... اور اکیلے گھر میں بھٹکتا ہوا تن تنہا صرف میرا وجود... یادیں پھر سے حملہ آور ہوتی ہیں... کہ وہ لوگ کہاں گئے جو تمہاری اپنی کہانی کے

حصہ دار تھے... جو تمہاری اپنی زندہ کہانی کے کردار تھے... تمہارے وقت بے وقت کے قہقہے تھے... ٹھٹھول تھے... تمہارے شب و روز میں سائے ہوئے لمحات تھے — مشکی گھوڑے کی ہنہناہٹ تھم گئی ہے جو یادوں کے حملہ آور ہوتے ہی میرے سارے بدن میں سما جایا کرتی تھی... مگر یادیں... لمبی لمبی سانسوں کو درست کرتے ہوئے پیچھے چھوٹتی جا رہی ہیں... اب گھر کے سارے بند دروازے کھولنے ہوں گے کہ شبِ دیجور کی الگنی پر لٹکا ہوا چمگادڑ پھر مجھ سے سوال کرے گا کہ مجھے لکھ پائے یا نہیں؟

"نہیں؟ تو کیوں نہیں لکھا؟"

یا لکھ ہی نہیں سکے — "

تمہارے قلم ٹوٹ گئے۔ گونگے بن گئے۔

دنیا کے بڑے بڑے فلسفوں کو چابک دست ہاتھوں کی ہتھکڑیاں پہنانے والے میرے معصوم ادیب! اپنی ہی کہانی سے ڈر گئے... "

اور اس طرح کے سوالوں کا ایک طویل سلسلہ۔ سوال جو ڈیڑھ سال سے برابر مجھے پریشان کرتے آ رہے ہیں... مگر اب سوچ رکھا ہے۔ اس عفریت کو خود سے الگ ضرور کروں گا... لکھوں گا ضرور...

سردی شباب پر ہے۔ لمبی بھاگ دوڑ کے نتیجے نے کھلے آسمان کے نیچے چھت پر مجھے ہانپنے کے لیے مجبور کر دیا ہے... چھت کی چکنائی سے تلووں کو ٹھنڈک مل رہی ہے۔ اندر بے چینی ہی بے چینی بھر گئی ہے — سارے دروازے بند ہیں۔ پورے گھر میں اکیلا ہوں۔ اور یادیں جب شب خون مارنے لگتی ہیں تو...

"یہ شور کیسا ہے؟" ابّا حضور مجھ سے پوچھ رہے ہیں۔

میں حیران حیران سا ابّا کو دیکھ رہا ہوں آنکھیں ملتے ہوئے حیرت سے... آپ!

خوشی کے مارے میری آواز نہیں نکل رہی ہے... آپ ہیں... آپ ابھی بھی ہیں... شاید بھولنے کی بیماری ہو گئی ہے مجھے۔ ایک دم سے سب کچھ بھول جاتا ہوں۔ جو ہے اس کے وجود کو بھی... کہ کل تو سارے کے سارے تھے... مگر سب اتنی جلد چلے گئے کہ یاد ہی نہیں رہا... اب کون بچا ہے اور کون نہیں — مگر آپ... !"

"چلو سو جاؤ۔ رات کافی ہو گئی ہے۔"

"آنکھوں میں نیند نہیں ہے ابّا" حیرت و خوشی کا ملا جلا رنگ میری آواز پر غالب آ گیا ہے۔

"نیم شب میں چھت پر دوڑتے رہو گے تو لوگ کیا کہیں گے؟"

بغیر کچھ بولے میں ابّا حضور کو ایک ٹک دیکھے جا رہا ہوں — ابّا حضور صرف ایک چھوٹی سی تنبیہ کرتے ہوئے واپس لوٹ گئے ہیں... کہ رات کے وقت بالائی منزل کی روشنی مت بجھانا۔ جو دروازے بند ہیں انہیں کھولنا نہیں۔ بند دروازوں کے اندر کی روشنی کو جلتے رہنے دینا۔ میں نے اقرار میں سر ہلا دیا ہے۔ ابّا شام ہوتے ہی گھر کی ساری بتیاں روشن کر دیتے ہیں اور رات کے اندھیرے میں، میں تمام بتیاں گل کر دیتا ہوں۔ پتہ نہیں کن جذبوں کے تحت... !

چپ چپ ابّا حضور کو جاتے دیکھتا رہا۔ خوشی و انبساط کی لہریں سارے جسم میں دوڑ گئی ہیں۔ میں تنہا نہیں۔ اس ویرانے میں تنہا نہیں۔ ابّا بھی ہیں... مگر ابّا نے بند کمروں میں جانے سے منع کیا ہے۔ چپ چاپ نیچے آکر اپنے بستر پر سو جانے کو کہا ہے... اس سے کیا... ابّا ڈرتے ہیں... رات کے ویرانے میں کمرے میں اندھیرا دیکھ کر شاید روحیں بے چین ہو جائیں کہ گھر والوں نے اب تک غمی اوڑھ رکھی ہے... رات کا پچھلا پہر چوکیدار کے گھنٹوں کی آواز سے گونج رہا ہے... ہوا کے ٹھنڈے جھونکے جسم میں طوفان مچا گئے ہیں۔

میں ایک دروازے کے قریب آکر ٹھہر گیا ہوں... یہ میری امی کا کمرہ ہے... میری امّی کا پیارہ کمرہ... اسی کمرے میں سوتی تھی امّی... اسی کمرے سے کتنی بار مجھے صدا دی تھی... مجھ پر بگڑی تھی۔ میرے آنسوؤں میں خود بھی شامل ہوئی تھی۔ مجھے مارا تھا۔ پھر منایا تھا... مجھ سے روٹھی تھی۔ غصہ ہوئی تھی — پھر خوش خوش مجھے مٹھائیوں سے نوازا تھا... یہی کمرہ! — سہمے سہمے قدموں سے آگے بڑھ کر دروازہ کھولتا ہوں۔ پھر ایک چیخ میرے منہ سے نکل جاتی ہے... آنکھیں خوف زدہ ہو جاتی ہیں۔ جسم لرزنے لگتا ہے — بستر پر ایک مردہ جسم پڑا ہے — امی کا بے جان جسم — اوپر سے لے کر نیچے تک چادر سے ڈھکا ہوا۔ اس کے باوجود امی کی آنکھیں مجھے دیکھ رہی ہیں۔ مجھے اشارے سے بلا رہی ہیں۔

"منّا، بیٹے ایک گلاس پانی لانا۔"

"دیکھو... آپس میں شرارت مت کرنا۔ منّو تمہارا چھوٹا بھائی ہے۔

لڑنا جھگڑنا نہیں۔"

امی کی کھلی کھلی آنکھیں چادر سے باہر نکل کر میرے سامنے معلق ہو جاتی ہیں۔ میں دیوانہ وار کمرے سے بھاگتا ہوں... سانس دھونکنی کی طرح چل رہا ہے... امی حضور کے مردہ جسم کی زندہ آنکھیں میرے تعاقب میں چھت پر نکل آئی ہیں۔ جہاں میں الجھنوں اور وحشتوں میں سمایا ہوا لمبی لمبی سانس لے رہا ہوتا ہوں...

خدا کے لیے امی حضور! میری یادوں سے دور چلی جایئے... !

منّا، بیٹے — رات کی تنہائی میں ممتا پھر سے سسک اٹھی ہے۔

مولوی صاحب آموختہ پڑھا رہے ہیں... میں رو رہا ہوں — ناک سے پانی بہہ رہا ہے۔ پڑھتے پڑھتے امی کے پاس بھاگ آیا ہوں۔ چہرہ آنسوؤں سے تر ہے۔ چائے بناتی ہوئی امی میری حالت زار پر کھلکھلا اٹھتی ہیں... " مولی صاحب کے پاس سے پھر بھاگ آیا۔

"مولوی صاحب مارتے تو نہیں پھر اٹھ کے کیوں آیا... یہ چائے پہنچا دے... اپنے آنچل سے میری ناک پوچھتی اجلی اجلی بھلی بھلی دعائیں میری جانب اچھال دیتی ہیں امی۔ چائے کی ٹرے لے کر دوبارہ مولوی صاحب کے پاس آکر دوزانوں بیٹھ جاتا ہوں۔ آموختہ کے سبق شروع ہو جاتے ہیں...

"اللہ ایک ہے۔ پاک اور بے عیب ہے اس جیسا اور کوئی نہیں... "

"اللہ رہتا کہاں ہے؟"

"تمہارے اپنے دل میں۔ ہر جگہ۔"

"امی کے یہاں؟"

"ہاں"

"دادی اماں کے یہاں"

"ہاں۔"

"نانی اماں کے یہاں۔"

"ہاں۔"

مولوی صاحب اس بچپنے پر مسکرا اٹھتے ہیں۔ میں دوڑ کر دادی اماں کے پاس آتا ہوں۔ دادی اماں ایک لمبے عرصے سے بستر کی ہو کر رہ گئی ہیں... گٹھیا کے پرانے حملے نے توڑ دیا ہے... مجھے دیکھتے ہی پوپلے ہونٹوں پر مسکراہٹ بکھر جاتی ہے... بھاگ آتا ہے پڑھتے پڑھتے دل ہی نہیں لگتا تیرا... جا پڑھ... "

"دادی اماں خدا کو دیکھا ہے کبھی؟"

"ایسی بات نہیں کرتے۔ مولوی صاحب کیا کہیں گے۔" دادی اماں ڈانٹتی ہیں۔ بستر سے مکھیاں اڑاتے ہاتھ — پوپلے ہونٹوں کی بڑبڑاہٹ... سب تھم گئی ہے۔ او

سارے میں پلنگ پر لیٹی ہوئی نانی اماں کے پنکھا جھلاتے ہاتھ مجھے دیکھ کر ٹھہر جاتے ہیں — منّا، مولوی صاحب چلے گئے کیا؟ کیا وقت ہوا ہے؟ حشام ابھی تک نہیں آئے ... خدا معلوم کہاں رہ گئے؟"

"نانی اماں آپ نے کبھی خدا کو دیکھا ہے؟" میں ٹھہر کر نانی اماں کی آنکھوں میں جھانکتا ہوں۔

"پگلے! —" نانی اماں ہنس پڑتی ہیں۔

"تب لوگ کیسے کہتے ہیں ... " معصوم بنا دوبارہ مولوی صاحب کے پاس آ کر دو زانوں بیٹھ گیا ہوں ... " اللہ ایک ہے۔ پاک اور بے عیب ہے۔ اس جیسا اور کوئی نہیں۔ وہی سب سے بڑا بادشاہ ہے... "

مولوی صاحب کی آنکھیں ایک ٹک مجھ میں اتر گئی ہیں — اللہ اور اس کے رسول کا تذکرہ ہے... رسول امّی تھے... وہ نہ ہوتے تو دنیا ظلمت کدہ بنی رہتی اور ظلم و جور، ضلالت و گمرہی عام ہوتی — سمجھ رہے ہو تم...

'اچھا... '

مولوی صاحب کی آنکھیں بند ہیں... وہ نبیوں میں رحمت لقب پانے والا... مرادیں غریبوں کی بر لانے والا... ان کی آواز میں لرزش ہے... تب عرب میں چاروں طرف ظلمت کی حکومت تھی اور پھر ایک نور چمکا... جس نے صدیوں کی جہالت اور ظلمت کو مٹا کر اللہ کے مقدس کلام کو لوگوں کے سامنے رکھا — وہ شمع اجالا جس نے کیا — چالیس برسوں تک غاروں میں — ایک روز چمکنے والی تھی، دنیا کے سب درباروں میں...

مجھے سب یاد آ رہا ہے —

سوچتا ہوں... معصومیت میں ڈوبے قہقہے اور انجانے طور پر میری جانب اچھالی گئی

دعائیں اب کتنے فاصلے پر سمٹ گئی ہیں... اور شب دیجور کی الگنی پر لٹکا ہوا چمگاڈر سرد ہوا کے تھپیڑوں میں کانپ اٹھتا ہے...

وقت اس قصاب کی طرح ہے جو تیز چھری زندہ جانور کی گردن پر پھیر رہا ہوتا ہے۔ پھر اس کی دل شگاف چیخ سنتا ہے اور اپنی بے حس آنکھوں سے اس کی چھٹپٹاہٹ کا لطف لیتا ہے اور جب جانور ٹھنڈا ہو جاتا ہے تو چھری سے اس کی بوٹی بوٹی الگ کرنے لگتا ہے...

وقت!... بے رحم وقت!!

تو امی حضور کو تو لے گیا—

مگر اس جسم کو نہ لے جاسکا جو آج بھی اس بند کمرے میں موجود ہے۔ جو دروازہ کھلتے ہی اور مجھے دیکھتے ہی زندہ ہو جاتا ہے۔ پھر میرے پورے وجود میں پیوست ہو جاتا ہے...

ایک بار پھر سے ہانپنے لگا ہوں...

"میرے گھر کی بزرگ ہستیو! تم سب کہاں چلے گئے؟"

نیم شب کے سناٹے میں میری پاگلوں جیسی چیخ دور دور تک گونج جاتی ہے...

اچانک ہی میرے ہاتھوں میں چمڑے کا بیلٹ آجاتا ہے۔ ایذا رسانی کا بھوت پھر سے مجھ پر سوار ہو جاتا ہے۔ کہرے آسمان پر چھا گئے ہیں۔ ٹھنڈک بڑھ گئی ہے۔ پیروں سے چپّل الگ کر کے شرٹ اتار کر ایک جانب رکھ دیتا ہوں۔ بوکھلائی ہوئی حالت میں ننگے جسم پر بیلٹ کی بوچھار کرنے لگتا ہوں...

ایک...

دو...

تین... چار... پانچ...

"کچھ ہی فاصلے پر ابّی حضور کی سوچ میں ڈوبی آنکھیں میرے پاگل وجود کو تک رہی ہیں... " رات کافی ہوگئی ہے بیٹے۔ چلو سو جاؤ۔ ضد نہیں کرتے۔"

سہمے ہوئے جانور کی طرح ان کے پیچھے پیچھے چل پڑتا ہوں۔ سانسیں اب تک درست نہیں ہوئی ہیں۔ اسی حالت میں بستر پر لیٹ جاتا ہوں... مگر نیند کہاں... بے چینی کی چیونٹیاں کاٹے جارہی ہیں اور شب دیجور کی الگنی پر لٹکا ہوا چمگادڑ مجھ سے پوچھ رہا ہے... مجھے لکھا کہ نہیں... اب تک کیوں نہیں لکھا... یا لکھ نہیں سکے کیا؟"

کیسے کہوں کہ تمہیں ایک ساتھ قلم بند کرنا میرے لیے مشکل ہی نہیں بلکہ ناممکن بھی ہے۔ اس لیے کہ اپنی کیفیات کے ملبے میں دب کر میں ترتیب کا راستہ بھول جاتا ہوں ... مگر اس کے باوجود تمہیں لکھوں گا کہ جو اب تک ہوتا رہا ہے اور جو ہمیشہ ہوتا رہے گا... یعنی آنکھوں کا کھلنا پھر ہمیشہ کے لیے بند ہو جانا... ان دو غیر معمولی باتوں کو ہم نے اب تک کتنے معمولی انداز سے لیا ہے... مگر میرے محسوسات کے صحرا میں اب بھی وہ مشکی گھوڑا ہنہنا رہا ہے جو اچانک مجھ میں داخل ہو کر مجھے بند کمرے سے جھانکتی امی کی لاش دکھا دیتا ہے... جہاں ڈھکی ہوئی چادر سے باہر نکلی ہوئی آنکھیں مجھے پکارتی ہوئی نظر آتی ہیں... اس لیے تمہیں لکھوں گا... قلمبند کروں گا... "

زیبا مجھ سے پوچھ رہی ہے —"سوچتے سوچتے تمہیں عجیب نہیں لگتا... ہر وقت سوچتے رہتے ہو۔ کبھی میرے بارے میں۔ کبھی گھر کو لے کر... اپنی آنکھوں سے دیکھا ہے تم نے جو روز اپنی چمک کھوتی جارہی ہیں۔"

میں اس کی معصومیت پر ہنس دیتا ہوں... " بس اپنے ہی بارے میں نہیں سوچا زیبا! تم لوگوں کی باتیں اتنا وقت ہی نہیں دیتیں کہ اپنے بارے میں کچھ سوچ سکوں۔ مگر جانے کیوں لگتا ہے... یہ سارے لمحے مجھ سے چھنتے جارہے ہیں... دور ہوتے جارہے ہیں... گھر

کے لوگ بھی... یہ چہل پہل بھی... اور تم بھی... !"

"ہش —" زیبا ہنستی ضرور ہے مگر سنجیدہ ہو گئی ہے —"ایسا کیوں لگتا ہے کہ ہم الگ ہو رہے ہیں۔"

"ایسا کل تک نہیں تھا۔ مگر اب ایسا اس لیے ہے کہ عمر جاگ رہی ہے... اور میں سب کو دور ہوتا ہوا دیکھ رہا ہوں... ٹھہرو تمہیں کچھ دکھانا چاہتا ہوں... "

کچھ بولنے سے قبل ہی اس کے سرخ ہونٹوں پر انگلی رکھ دیتا ہوں۔ اب یہاں سے کوٹھے کے نیچے ہونے والی باتوں پر کان لگاؤ — کیسا شور ہے؟ آپا کھانا پکار رہی ہیں۔ عصمت باجی اور زینت باجی میں کسی بات پر جنگ ہو رہی ہے... اور ان سے الگ وہ دیکھو... دھوپ کی نرم نرم آغوش میں بڑی اماں اور اماں پلنگ پر بیٹھی ہوئی گپ شپ میں مشغول ہیں... نانی اماں کسی کو آواز دے رہی ہیں... آواز کیا... خدا کو کوسہ دے رہی ہیں کہ موت ہی نہیں آتی۔ اور ان سے الگ دادی اماں کی تھکی تھکی آواز سن رہی ہو جو مریم بوا کو پکارتے پکارتے کھانسی میں تبدیل ہو گئی ہے... "

"ہاں! — اس میں کون سی نئی بات ہے؟" زیبا کچھ پریشان سی ہو گئی۔

"جانے کیوں لگتا ہے۔ کل اگر یہ سب ختم ہو گیا تو گھر کیسا لگے گا... ؟ بہنوں کی شادی ہو گئی اور یہ سارے منظر ایک دم سے جدا ہو گئے تو یہ گھر کیسا دکھے گا... ؟ پرانے لمحوں کو پھر کیسے سمیٹ پاؤں گا میں... ؟ نئے لمحوں سے سمجھوتا کر لینے میں ہی بھلائی نظر آئے گی کیا؟... "

"ایسے میں نئے لمحوں سے سمجھوتا کر لینا چاہئے۔" زیبا نے سر جھکا لیا۔ تم بہت سوچتے ہو۔ اچھی بھلی بات کیوں نہیں سوچتے؟"

اچانک ہی اس کے نرم نرم سے ملائم ہاتھوں کو تھام لیتا ہوں۔ تم نہیں جانتی زیبا!

میرے اندر کیا ہو رہا ہے۔ کیسی ہلچل مچی ہوئی ہے ... مجھے روکو زیبا... سنبھالو... پتہ نہیں کیوں... اپنے آپ سے دور ہوتا جارہا ہوں... تم نے سچ کہا ہے... اب میری آنکھوں میں وہ پہلے سی چمک نہیں رہی۔ یہ چمک بھی میرا ساتھ چھوڑ رہی ہے... "

برتن ٹکرانے اور خوش گپیوں کی فضا میں جانے کیسے ایک قطرہ آنسو ٹپک گیا... میری آنکھوں میں پرچھائیاں اتر رہی ہیں زیبا! منور اسکول گیا ہے اور بھیّا کالج — آنکھوں میں کتنے ہی ڈستے اور چبھتے سوال ہیں جو سانپوں کی طرح میرے ارد گرد کستے جارہے ہیں ... مجھے نجات دلاؤ زیبا... میرا دم گھٹ رہا ہے... "

" تمہیں کیا ہو گیا ہے ؟" وہ پریشان ہو گئی ہے۔

" لگتا ہے ایک دن اسی طرح منوں سوالوں کے بوجھ میں دب جاؤں گا۔ تب کیا تم مجھے یاد کرو گی۔ "

زیبا اچانک سکتے میں آگئی ہے۔ آنکھوں کے نیلگوں آسمان میں تیرتی سیاہ کشتی میں آنسوؤں کے موٹے موٹے ڈورے تیر گئے ہیں۔

" میں اکثر سوچتا ہوں زیبا کہ یہ لمحے ٹھہرتے کیوں نہیں — ان لمحوں کو جاودانی کیوں نہیں حاصل ہے۔ میں جب جب سوچتا ہوں۔ برہنہ احساس پر اچھالے گئے پتھر مجھے زخمی کر دیتے ہیں۔ سچ تو یہ ہے کہ یہ لمحہ بھی جس میں ہم تم سمٹ کر باتیں کرنے میں مشغول ہیں ... یہ لمحہ بھی ہم سے ضرور چھن جائے گا... یہ بھی ایک بڑا حادثہ ہو گا کہ تم نہیں مل پاؤ گی۔ اور میرے اپنے ایک ایک کر کے میرا ساتھ چھوڑ دیں گے... یہ بڑا سا گھر ... ہنگاموں میں پلتے پکتے جسم ... دادی اماں، نانی اماں کے پوپلے ہونٹوں سے پھوٹتی آوازیں ... امی اور بڑی اماں کی گپیں ... ابّا کے ہر وقت بڑبڑاتے اور قصہ کہانیاں کہتے ہوئے ہونٹ، بڑے ابّا اور چھوٹے ابّا کی سنجیدگی سے نکلا ہوا لمحہ... ان کے قہقہے، جن سے

لمحے زندگی کی روح میں داخل ہو جاتے ہیں... کل یہ سب کچھ نہیں ہوں گے۔"

"سچ تو یہ ہے کہ کل کچھ بھی نہ ہو گا۔ نہ ہم نہ تم۔ پھر یہ سب کیا سوچنا۔" زیبا کے لرزتے ہاتھوں نے مجھے تھام لیا... " یہ سب کیوں سوچتے ہو؟"

"اس لیے زیبا! کہ میں آج میں جینا چاہتا ہوں۔ میں ان لمحوں سے فرار نہیں چاہتا۔ سچ کے نام پر مجھے بیزاری اور گھٹن کا احساس ہوتا ہے۔ میں ان لمحوں کو سمیٹ کر اور گھر کے تمام افراد کو لے کر — کبھی ختم نہیں ہونے والی زندگی اور کبھی ختم نہیں ہونے والی دنیا کو تصور کے پردے سے کھینچ لانا چاہتا ہوں... "

میں ایک بار پھر ہانپ رہا ہوں...

میلوں لمبی دوڑ کے بعد تکان کے احساس سے چور ہو گیا ہوں... "مجھے سنبھالو زیبا! پر چھائیاں مجھے گھیر رہی ہیں۔ آنکھوں کے آگے دھندلے خاکوں کا رقص اب زور پکڑتا جا رہا ہے۔ تم نے کہا تھا میری آنکھوں کی چمک دن بہ دن ختم ہوتی جا رہی ہے... کیا میری آنکھیں سچ مچ میرا ساتھ چھوڑ رہی ہیں... ؟"

"عالم —" زیبا مجھے جھنجھوڑ دیتی ہے —" اپنے ساتھ مجھے بھی پاگل بنا دیتے ہو! ہوش میں آؤ — وحشی دنیا میں انسان بن کر جینا سیکھو۔ آج کی صدی میں احساس اور جذبات کے نام پر تم ایک پل بھی جی نہیں سکتے۔"

میں پھر بیٹھ گیا ہوں — پسینے میں تر بتر اپنے حیوانی وجود کے ساتھ — پریشان پریشان سی زیبا اب بھی ایک ٹک مجھے گھورے جا رہی ہے ...

" مگر میں ایسا کیوں سوچ رہا ہوں کہ میں اس بھرے پرے گھر میں اکیلا ہوں۔ تنہا ہوں۔ اور سب کے سب مجھ سے رخصت ہو گئے ہیں۔ سارے دروازے بند ہیں، اور میں ایک ایک دروازے کے اندر جھانک رہا ہوں جہاں گھر کے مختلف افراد کی نعشیں مجھ

سے مخاطب ہیں اور مجھے گذرے دنوں میں لوٹ چلنے کو کہہ رہی ہیں...

"میں ایسا کیوں سوچتا ہوں، تم مجھے بتا سکتی ہو؟"

مگر زیبا چپ ہے... اور آہستہ آہستہ میری آنکھوں سے او جھل ہوتی جا رہی ہے...

تو وقت رخصت ہو گیا ہے۔

اور وقت اس قصاب کی طرح ہے جس نے مردہ جانور کی کتنی ہی بوٹیاں الگ کر ڈالی ہیں...

"زیبا... زیبا... !!!"

آواز بھی دینا چاہوں تو زیبا اپنے دوسرے گھر سے واپس نہیں آئے گی۔ ہاں گزرے دنوں کی ڈائری سے اس کے معصوم قہقہے نکل کر پھر سے میرے سامنے آکھڑے ہوں گے۔ تھکن سے چور ہو کر بند کمرے سے نجات چاہوں گا تو آس پاس کی یادوں کا حملہ شروع ہو جائے گا۔ بھولنا چاہوں گا تو ایذا رسانی کا بیلٹ رات کی دودھیا چاندنی میں پھر سے میرے ہاتھوں میں چمک اٹھے گا اور انجانے طور پر دیکھتی آنکھیں میرے اندر اس شیطان کو محسوس کر لیں گی جسے میں نے نہ پہچاننے کی قسم کھا رکھی ہے۔

گھر سناٹے میں ڈوبا ہوا ہے۔ اور ایک ایک کمرہ بند ہے... میں تمام کمروں میں جھانک آیا ہوں ... کوئی نہیں ہے۔ بے خواب کواڑوں کی طرح مقفل ... اور چھت پر میری وحشت زدہ آنکھیں دیر تک خلاء میں دیکھتے دیکھتے تھک چکی ہیں... اور پھر ایک نئے منظر کو اپنی گرفت میں لے رہی ہیں...

لوگوں کے کندھوں پر سوار چار نعشیں — آخری منزل کی جانب رواں دواں ہیں...

اناللہ وانا الیہ راجعون۔

آگے آگے ... دو بوڑھے سر جھکائے ہوئے — بوجھل قدموں سے چلتے ہوئے —

پیچھے پیچھے سوگواروں کی بھیڑ... سرخ سرخ آنکھیں... آگے آگے ابّا، بڑے ابّا... پیچھے منور، ٹنو بھائی، جھنو بھئی منجھلے بھیّا... اور حیران حیران سا پاگلوں جیسا دکھتا ہوا میں... ! بڑی اماں، امّی دادی امّاں اور نانی اماں تم سب کہاں کھو گئے... کہاں چلے گئے... اب کبھی نہیں واپس آؤ گے کیا... ؟

"گھر کی بزرگ ہستیو!"

الوداع... الوداع... آخر کو تم نے رخصت سفر باندھ ہی لیا...

تمہارے دم سے ہم نے اجالوں سے تعلق پیدا کیا تھا اور تم ہی یہ گھر، یہ جہاں چھوڑ کر جا رہے ہو۔

تار عنکبوت اگر اس گھر کا مقدر ہے تو مقدر رہے... کہ خوشیاں تقسیم کرنے اور دیکھنے والی آنکھیں اب تمہارے بغیر اس ٹوٹتے اجڑتے گھر میں چونا گردانی نہیں کرا سکتیں ...

الوداع... میرے بزرگو! کہ اب اس غریب الدیار کو تمہارے بعد تنہائی سے ہی رشتہ قائم کرنا ہو گا... !!

الوداع الوداع... !!

آسمان سب کچھ چرا کر لے گیا ہے... کبھی کبھی لگتا ہے زندگی ایک بے زبان مکالمہ ہے جو خود سے کیے جا رہا ہوں...

زیبا اُداس اُداس سی میرے سامنے آکر کھڑی ہو جاتی ہے... "جو لوگ وقت سے سمجھوتا نہیں کر پاتے وہ ٹوٹ جاتے ہیں"

"ہاں ٹوٹ جاتے ہیں... " جھنجھلاہٹ میں جواب دیتا ہوں... کہ اب وہ تار ہی ٹوٹ گیا ہے۔ جو موسیقی کی لہروں کو آواز دیا کرتا تھا۔ اور خالی پن کا عجیب سا احساس مجھے دکھاتا

ہے... اپنے ہی گھر میں زندگی سے جھوجھتے ہوئے بڑے ابّا کو ... اور دوسری طرف محض زندگی کاٹتے ہوئے ابّا کو... یعنی دو بوڑھے پیکر اور ان سے علاحدہ ہم... اور حادثوں سے متاثر دکھائی دینے والا میرا چھوٹا بھائی... میرے بھیّا... کیا یہ تمام باتیں چیخ چیخ کر نہیں کہتیں کہ سمجھوتے کی فصل اب دل میں نہیں اُگ سکتی... تغیرات ہر ایک کا نصیبہ نہیں ہو سکتا... اور تم بھی اس قدر دور ہو گئی ہو کہ کل کو زندہ بھی کرنا چاہوں تو ممکن نہ ہو گا... اور جب جب میں یہ سب سوچتا ہوں ... تب تب یہ بھی سوچتا ہوں کہ کیا سارے کے سارے میری ہی طرح سوچتے ہیں؟ اگر ہاں تو پھر یہ سارے کے سارے جیتے کیسے ہیں؟ کیا وہی ایذا رسانی کا بیلٹ رات کی دودھیا روشنی میں ان کے ہاتھوں میں چمک جاتا ہے... کیا شرٹ ڈھکی پیٹھ پر ان گنت زخم رات کے سناٹے میں جاگ جاتے ہیں... دکھنے لگتے ہیں... اور وہ شب دیجور کی الگنی پر لٹکا ہوا چمگادڑ کیا سب سے ایسے ہی سوال کرتا ہے کہ مجھے لکھا کیوں نہیں... لکھ کیوں نہیں سکتے... تمہارے قلم ٹوٹ گئے ہیں کیا... ؟"

تو زیبا چپ ہے...

اور شب دیجور کی الگنی پر لٹکنے والے چمگادڑو!

میں نے تمہیں لکھنے کی حامی بھر لی ہے... اور دیکھو کہ میں تمہیں لکھ بھی رہا ہوں...

اب میری آنکھوں نے پرچھائیوں کا ساتھ چھوڑ دیا ہے... اور آنکھیں گھنے دشت میں گم ہوتی جا رہی ہیں... دور تک پھیلے ہوئے اندھیرے میں مجھے کچھ بھی نظر نہیں آتا۔ گزرے ہوئے ماہ و سال کے کیکٹس نے اپنے نوکیلے کانٹے میرے جسم میں گڑا دیئے ہیں اور میری دبی دبی دلخراش چیخیں بلند بانگ فضا میں رینگ جاتی ہیں...

"مجھے کچھ نظر نہیں آتا ... کچھ دکھائی نہیں دیتا۔"

دکھائی دینے والو منظرو!

تم سارے کے سارے میرے جسم میں اتر گئے ہو...

اور اب پھر سے میں سورج کی گرم گرم شعاعوں کو اپنے اندر اتار لینا چاہتا ہوں۔ ہواؤں کا پاگل رقص دیکھنا چاہتا ہوں... دودھیا چاندنی راتوں میں اپنی پاگل حرکتوں کا لطف لینا چاہتا ہوں... میرے لوگو! میرے بزرگو!! میرے عزیزو!! میری زیبا... ٹٹولتے ٹٹولتے اپنا ہی گریبان ہاتھ لگتا ہے اور اسے ہی پکڑ کر میں چیخ پڑتا ہوں...

آہستہ آہستہ مجھ پر غشی طاری ہوتی جارہی ہے... اور نیم غنودگی کی حالت میں محسوس کرتا ہوں... ڈاکٹر مجھ پر جھکا ہوا ہے... میرا معائنہ کر رہا ہے... بڑے بڑے آلوں کی مدد سے مجھے دیکھ رہا ہے اور پھر اپنی حتمی فیصلہ سنا دیتا ہے... "آنکھیں بے حد کمزور ہو گئی ہیں — بے حد کمزور — ریٹینال ڈٹچمنٹ آپریشن کرنا ہوگا... بے حد نازک آپریشن...

آنکھیں سچ مچ بے حد کمزور ہو گئی ہیں...

اور ایک طویل وقفہ ہوا کے پنکھ پر سوار ہو کر اڑ چکا ہے... کمزور آنکھوں سے گھر کے سارے بند کمرے جھانک آیا ہوں۔ مگر کوئی نظر نہیں آتا...

کوئی دکھائی نہیں دیتا... مشکی گھوڑا اندر تیزی سے ہنہنا رہا ہے... نیم شب کے سناٹے میں چھت پر دوڑتا دوڑتا ایک جگہ ٹھہر گیا ہوں... ؟

میرے گزرے دنو!

تمہیں سمیٹنا آسان نہیں ہے...

میں چاند کی دودھیا روشنی میں اشکوں سے غسل کر رہا ہوں...

"بیٹے سو جاؤ... سو جاؤ بیٹے — یہ ابّا حضور کی آواز ہے — جو ایک بار پھر نیم شب کے سناٹے میں میرے سامنے آکر کھڑے ہو گئے ہیں۔

"سو رہا ہوں ابّا حضور! مگر آسمان میں اڑنے والی چڑیوں کو وہ کہانی تو سنا دوں جو

مستقل مجھے ڈیڑھ سال سے پریشان کرتی آ رہی ہیں۔ جب پہلی بار آپریشن تھیٹر میں واقعات کے اتنے گھنے جنگل سے گزرنے کے بعد، جو پرچھائیاں میری آنکھوں میں پیدا ہو گئی تھیں... اور ڈاکٹر انہی پرچھائیوں کو میری آنکھوں سے نکالنے کی کوشش کر رہا تھا— تو انہیں پرچھائیوں کی کہانی ابّا حضور! میں آج آسمان میں اڑنے والی ان چڑیوں کو سنانا چاہتا ہوں...

اب پرچھائیوں کے نکل جانے کے بعد کا میں آپ کے سامنے موجود ہوں اور یہاں میری کہانی ختم ہوتی ہے اور وہ کہانی شروع ہوتی ہے جسے آنکھوں میں اترتی ہوئی پرچھائیوں نے بارہا مجھ سے لکھنے کے لیے کہا تھا—

اور جب آنکھوں میں اترتی ہوئی پرچھائیاں لمبی ہوتی جا رہی تھیں۔ روشنی روز بروز میری آنکھوں سے دور ہوتی جا رہی تھی، تو یہ کہانی (جو آپ کو سنانے والا ہوں) میں مختلف شکلوں میں دیکھتا رہا اور محسوس کرتا رہا۔ روز ایک ہی کہانی۔ آنکھ لگتے ہی لق و دق صحرا میں بھٹکنے والا وہ تن تنہا انسانی وجود میری آنکھوں میں کھٹکنے لگتا ہے ... روز ایک ہی قصہ — ایک ہی کہانی — بچپن میں ابّا نے کہا تھا۔ ایک ہی کہانی بار بار دستک دے تو اسے لکھ لینا چاہیے...

—اسے میں نے جب بھی دیکھا، مادر زاد ننگا ہی دیکھا۔ جانوروں کی چیختی چنگھاڑتی ٹولیوں سے الگ اپنی نسل کا واحد جانور تھا وہ... خواب نے اس کا تعارف پہلے انسان کی حیثیت سے کرایا۔ اس وقت دنیا تو بن گئی تھی مگر صفحۂ ہستی پر انسانی وجود کا نام و نشان تک نہ تھا۔ اکیلا جانور — خواہشات کے ننگے ثمر کی تلاش میں ادھر اُدھر بھٹکتا رہتا۔ وہ وجود میں کیسے آیا اس کے بارے میں خواب نے کبھی کچھ نہیں بتایا۔ شاید عناصر اربع کے میل سے مٹی، آگ، ہوا پانی نے اسے انسانی شکل دے دی تھی۔ کبھی کبھی اپنے منہ سے عجیب

سی آواز نکالتا۔ (خواب کے بار بار آنے سے میں نے اس کا ایک نام رکھ لیا تھا۔ "مدا") ایسا لگتا ہے جیسے مدا اپنی تنہائی کا شکوہ کر رہا ہو کہ سب کچھ تو ہے مگر میری تلاش کو وہ 'بو' نہیں مل سکی جس کے لیے میں دوڑا دوڑا پھرتا ہوں... اور پھر جب اپنی جیسی کسی مخلوق کی تلاش میں وہ ناکام رہا اور تنہائی کا جان لیوا احساس، گھنیرے دشت اور لق و دق صحرا میں دوسرے چرند پرند کی موجودگی میں اسے پریشان کرتا رہا تو اچانک ہی ایک انوکھے خیال نے اسے بچوں کی طرح خوش کر دیا۔

اس نے فیصلہ کر لیا کہ وہ خاک سے اپنے ہی جیسی انسانی مخلوق بنائے گا اور نادیدہ قوتوں سے ان میں زندگی عطا کرنے کی دعا کرے گا۔ اس خیال کا آنا تھا کہ مدا اپنے کام میں جٹ گیا۔ مدت گزر گئی۔ عرصہ بیت گیا اور شاید صدیاں گزر گئیں۔ مدا اپنے کام میں لگا رہا۔ شب و روز کی محنت نے کتنے ہی خاکی پتلے اس کی آنکھوں کے سامنے کھڑے کر دیئے... یہاں تک کہ ایک دن وہ تھک گیا اور تھکنے کے بعد اچانک اسے خیال آیا کہ اس کی محنت میں ایک آنچ کی کسر رہ گئی ہے — یعنی کہ پتلوں کے چہرے پر جو خالی گڑھے ہیں، ان میں آنکھ لگانا بھول گیا ہے — پتلے تیار ہو چکے تھے اور مدا تھک چکا تھا — اور دوسرے، سارے پتلوں کو ملانا اور خالی گڑھوں میں آنکھ بھرنا سچ مچ ایک مشکل امر تھا — بہت غور کرنے کے بعد اس نے یہ فیصلہ کیا کہ وہ مٹی کی لوئیوں سے آنکھ کے شکل کی کئی کئی پتلیاں ترتیب دے گا اور پتلیوں کو ان کی قسمت کے حوالے کر دے گا... مدا پھر اپنے کام میں لگ گیا۔ وقت بہتا رہا اور پھر ایک لمبی مدت گزر گئی۔ مدا تھک چکا تھا اور اس کی مٹی کا ذخیرہ بھی ختم ہو چکا تھا۔ پس ایک روز مدا نے اپنے کام کو بیچ میں ہی روک کر نادیدہ قوتوں سے یہ دعا کی کہ ان میں زندگی پیدا ہو جائے۔ سارے پتلے اچانک اٹھ کھڑے ہوئے اور مٹی کی لوئیوں سے نکلتی شعاعوں نے لق و دق صحرا کو گلزار بنا دیا۔ لیکن آنکھوں میں جوت نہ

ہونے کے سبب پتلے چل پھر سکنے سے معذور تھے۔ مدا نے ان کی بے چینی دیکھی اور حکم دیا کہ "جاؤ... جا کر اپنی آنکھیں اٹھالو... خود کو قسمت کے حوالے کر دو۔ اور قسمت کی روٹیاں کھاؤ۔ پتلے تیزی کے ساتھ دوڑ گئے۔ پتلوں کو اپنے درمیان سے روپوش ہوتے ہوئے مدا نے بس اتنا دیکھا کہ اس کے تخلیق کر وہ پتلوں کے درمیان ذہنی کشمکش کا آغاز ہو چکا ہے —اور ایک سرد جنگ کے آثار نمایاں ہو گئے ہیں —جو پتلے پہلے لپکے تھے ان کے حصے میں دو دو آنکھیں آئیں۔ لیکن بعد والوں کے حصے میں ایک ہی آنکھ آسکی۔ اور جو بالکل پیچھے تھے وہ آنکھوں سے محروم رہے۔ بس مدا اتنا ہی دیکھ سکا پھر وہ گھنے جنگل میں لاپتہ ہو گیا۔

پھر صدیاں گزر گئیں۔ مدا کو خیال آیا کہ اپنی تخلیق کا حشر دیکھنا چاہئے اور پھر وہ ان کی قسمت کا حال دیکھنے نکل گیا۔ کچھ دور جا کر اس نے دیکھا کہ عالیشان عمارتیں شان سے کھڑی ہیں۔ سڑکوں پر لوگوں کا سیلاب امڈا ہوا ہے۔ لوگ باگ برق رفتاری کے ساتھ رواں دواں ہیں۔ طرح طرح کی گاڑیوں کا ایک زبردست شور مستقل فضاؤں میں بکھر رہا ہے۔ اور حیرت کی بات یہ تھی کہ کوئی کہیں ٹھہرا ہوا نہیں تھا—کوئی کسی سے بات نہیں کر رہا تھا۔ سب کے سب نامعلوم سمتوں میں بھاگے جا رہے تھے...

"ان دوڑتے ہوئے لوگوں کو ہوش ہے کہ نہیں" —مدا نے سوچا کہ ٹھہر کر اس کو بھی یاد کر لیں جو ان کی موجودگی کا سبب بنا۔ جس نے انہیں صدیوں کی جان توڑ محنت کے بعد پیدا کیا... " مدا نے اپنے اس خیال کو آواز دے دی۔

اس کی بات سن کر ان میں سے ایک شخص جھنجھلا کر بولا... ہم اس طرح کی دقیانوس سوچوں سے دور نکل آئے ہیں۔ اب ہمارے یہاں اس طرح کی فضولیات پر ریسرچ بھی نہیں ہوتی۔ یہ سب پرانی باتیں ہیں۔

مدا کے دل کو چوٹ پہنچی۔ جس نے بنایا اسی کے بارے میں یہ خیال... شاید ایسا ہی ہوتا رہا ہو... اب وہ ایک آنکھ والوں کی دنیا میں ان سے ملنے جارہا تھا۔ اس دنیا میں اس نے دیکھا کہ ترقی تو وہاں بھی ہوئی ہے مگر ایسی نہیں... جیسی کی دو دو آنکھ والوں نے کی ہے۔ اچھے پکے مکانات یہاں بھی ہیں۔ مگر اتنے اونچے نہیں تھے۔ سڑکوں پر گہما گہمی بھی تھی۔ مگر اس دنیا کی طرح نہ تھی۔ لوگ باگ، بھاگ دوڑ میں مشغول تھے... مگر زندگی کی وہ اڑان نہ تھی جو دو آنکھ والوں کی دنیا میں مدا دیکھ آیا تھا۔

"خیر! تم سے باتیں ہو سکتی ہیں۔ مدا نے سوچا... شاید تمہیں اس کا احساس ہو کہ تمہاری موجودگی کا سبب کون ہے؟"

ایک شخص کو روک کر جب اس نے اپنا سوال دہرایا تو اس نے شکوہ کرنے کے انداز میں مدا کو دیکھا اور کسی قدر غصے سے بولا... وہ جو بھی ہو اس سے ہم سب کو ایک جیسی شکایت ہے کہ اس نے ہم پر ظلم کیا ہے۔ بہت بڑا ظلم — اس نے ہماری ایک آنکھ کو روشنی سے محروم رکھا... ورنہ ہم ترقی میں دو آنکھ والوں سے کسی بھی طرح پیچھے نہیں رہتے..."

مدا پھر سناٹے میں آگیا تھا — شاید اسے اپنی پیدا کردہ مخلوق سے اس طرح کے جواب کی امید نہیں تھی۔ اب مدا اپنی اس بدنصیب مخلوق سے ملنے جارہا تھا جو آنکھوں کی دوڑ میں پیچھے رہ گئی تھی۔

افسوس۔ صد افسوس!

ان کے درمیان آکر مدا کو بے حد رنج ہوا کہ ان کے یہاں کوئی ترقی نہیں ہوئی تھی۔ نہ کوئی گہما گہمی تھی، نہ ہی شاندار مکانات تھے۔ کچھ کچی کچھ پکّی جھونپڑیاں نظر آرہی تھیں جہاں سر جھکائے کچھ لوگ زندگی کی معنویت سے پرے، بیٹھے ہوئے باتیں کر

رہے تھے۔ مدا نے ان کے قریب آکر دریافت کیا... تم میں سے کوئی واقف ہے کہ تمہاری موجودگی کا سبب کون ہے... ؟ایک شخص نے اپنی خالی گڑھے والی آنکھیں اٹھا کر اس کی جانب دیکھا اور یوں گویا ہوا... وہ کون ہے؟ کیا ہے؟ ہم نے کبھی محسوس نہیں کیا... نہ ہمیں اس سے کوئی شکایت ہے۔ مگر وہ جب چاہے ہمارے درمیان آکر بیٹھ سکتا ہے... "

مدا اس بار سناٹے میں نہیں ڈوبا۔ اس بار اس کے دل کو کسی طرح کی چوٹ نہیں پہنچی۔ اور وہ سچ مچ ان کے درمیان آلتی پالتی مار کر بیٹھ گیا...

صدیاں گزر چکی ہیں اور مدا انہیں کے درمیان بیٹھا ہوا ہے... اور ان کی گفتگو کا ایک حصہ بن گیا ہے...

میری کہانی کے ساتھ ساتھ مدا کی یہ کہانی بھی ختم ہوتی ہے کہ آج ایک مدت کے بعد اپنے جسم سے وہ کثیف لبادہ اتار رہا ہوں — جو ڈیڑھ سال سے مستقل مجھے اذیت میں مبتلا کئے ہوئے تھا۔ دونوں کہانیوں میں کوئی قدر مشترک ہو یا نہ ہو لیکن میں سوچتا ہوں... کہ اگر سچ مچ میری آنکھوں کی چمک نے میرا ساتھ چھوڑ دیا تو کیا میں مدا کو اپنے اندر پناہ دے پاؤں گا —؟

***

سرحد

وقت آہستہ آہستہ گذرتا جاتا ہے۔

تاریخ کے اس پار اِرم کھڑی ہے۔ مسکراتی ہوئی اِرم' عمر کی نازک دہلیز پر کھڑی میری آنکھوں میں جیسے جھانک رہی ہے —

"جانے کو اب دن ہی کتنے رہ گئے ہیں۔ انگلیوں پر گنے جانے والے گنتی بھر دن... پھر ہم پاکستان چلے جائیں گے — "

اور بڑی بڑی آنکھوں میں شدتِ جذبات سے قوت مدافعت کے باوجود آنسو تیر گئے ہیں... "تم بہت یاد آؤ گے ... اور یہ گھر... چچا ابا... اور سارے کے سارے... بتاؤ نا سرحدیں کس لئے بنائی گئی ہیں۔ ہم تم بہت پہلے کیوں نہیں ملے... ہمیشہ ہمیشہ سے... جب سے ہم نے ہوش سنبھالے ... اور شاید پاپا یہاں ہم لوگوں کو نہیں لائے ہوتے تو شاید آتے بھی نہیں... "

پانچ سال پہلے — وقت کے اڑن کھٹولے پر یہ پانچ سال کتنی جلد پرواز کر گئے تھے۔ مگر پاکستان سے آئے ہوئے چھوٹے چچا کی آواز کانوں میں لرز رہی ہے...

"سچ مچ بھیا! یہاں سے پاکستان جا کر ہم نے بہت بڑی بھول کی۔ آزادی کے چونتیس سال بعد بھی یہی لگتا ہے۔ جیسے ہم آج بھی مہاجر ہوں۔ دو پیسے آگئے تو کیا ہوا، ہمارے ساتھ آج بھی مہاجروں سا سلوک ہوتا ہے... "

اِرم سے باتیں کرتا ہوا اچانک چھوٹے چچا کو بہت غور سے دیکھتا ہوں۔ تھرائی ہوئی

پلکیں، آنکھوں میں تیرتے ہوئے سرخ سرخ ڈورے ... مہاجر — یہ لفظ اس وقت بھی ذہن میں بجلی کی طرح کوندا تھا۔ ابّا بس اتنا بتا سکے تھے۔ نئے نئے پاکستان کے گلیمر نے محمود کو بھی نہیں بخشا۔ وہ بھی پرکھوں کی زمین، گھر بار جائیداد سب کچھ چھوڑ کر پاکستان ہجرت کر گیا۔ پگلا ... آج کہتا ہے، باپ دادا کی مٹی اور بڑھاپے کا احساس اپنے وطن کی طرف بار بار کھینچتا ہے — مگر نہیں — حالات اور مجبوری نے اب اس طرح پا بہ رکاب کر رکھا ہے کہ اب دوبارہ یہاں واپس نہیں ہو سکتا — ہاں بچوں نے بہت ہنگامہ کیا تھا... ہندستان دیکھیں گے چچا ابّا اور بھائیوں سے ملیں گے... "

چھوٹے چچا کے لب کانپ رہے تھے... "پھر بھیا! ہم دونوں میں خون تو ایک ہی تھا نا، جانے کتنے برس بیت گئے۔ وہ رشتہ دار عزیز بزرگ جنہوں نے اپنی گود میں کھلایا تھا، شفقت دی تھی۔ محبت اور خلوص دیا تھا۔ بے شمار دوست جن کے ساتھ نوجوانی میں مزے مزے کے کھیلوں میں شریک ہوئے تھے، اس درمیان ان میں سے ایک ایک کر کے کتنے ہی اٹھ گئے۔ یہ اپنی بدنصیبی تھی کہ بھیا مٹی دینے بھی نہ آ سکا۔ بچے بڑے ہو گئے مگر آپ لوگوں سے ملا نہیں سکا۔ صرف آپ لوگوں کی کہانیاں سناتا رہا کہ سرحد پار تمہارے چچا ابا اور ان کا خاندان رہتا ہے تمہارے پیارے پیارے سے بھائی رہتے ہیں۔ انہیں بتایا کرتا، بچپن میں ہم کیسے کھیلا کرتے، کیسے جھگڑا کرتے۔ صرف دو ہی بھائی تو تھے۔ مگر پتہ نہیں میرے دل میں کچھ کمانے کی کیسی دہشت نے جنم لیا کہ سب کچھ چھوڑ کر پرانی یادوں سے منہ موڑ کر یہاں سے ہجرت کر گیا۔"

چچا ابا رو رہے تھے۔ "زیبا نام تھا اس کا۔ وہاں جاتے ہی، سروس ملتے ہی شادی کر لی ہم لوگ صرف پروگرام بناتے رہے مگر آپ لوگوں سے مل نہ سکے۔ پھر وقت کے بہاؤ میں وہ بھی فریب دے کر ہمیشہ کے لیے چلی گئی اور اپنی یادگار چھوڑ گئی۔ بس اب تو لے

دے کے بن ماں کی یہ بچی ہی میرے لیے سب کچھ ہے۔ اسے خوش دیکھتا ہوں تو سیر ہو جاتا ہوں۔"

"بھائی!" ابا کا گلا بھر آیا تھا— "جو ہو گیا سو ہو گیا۔ اب گزرے ہوئے کو یاد کر کے جی ہلکان کرنے سے فائدہ بھی کیا۔ چند روز کے لیے آئے ہو تو گھر کے بڑے بزرگوں کے قبر پر فاتحہ پڑھ لو... بچوں کو آپس میں خوب ملنے دو۔ پھر پتہ نہیں کب... "

اچانک ایک جھٹکے سے ابّا خاموش ہو گئے۔ جھری بھرا چہرہ داستانِ غم بن گیا تھا۔ چھوٹے چچا کی آنکھوں سے ہزار ضبط کے باوجود آنسوؤں کے قطرے ٹپ ٹپ کر کے گرنے لگے تھے۔

اِرم جھٹکے سے پلٹی تھی۔ درد بھرے ماحول نے جو طوفان اس کے اندر جگایا تھا، شاید وہ اسے روک نہیں پائی تھی۔

"ارم" —میں تیز آواز میں اس کے پیچھے پیچھے دوڑا تھا۔ وہ تیزی سے سیڑھیاں طے کر رہی تھی۔

اوپر والا کمرہ میرا کمرہ تھا۔ جہاں ان دنوں میں میٹرک کے امتحان کی تیاریاں کر رہا تھا۔ اِرم میں داخل ہوتے ہی بستر پر گر کر پھوٹ پھوٹ کر رو پڑی۔

"نہیں... اِرم... نہیں... "

نوجوانی کے صبر کا باندھ بھی ٹوٹ چلا تھا۔ میں نے اپنا کانپتا ہوا ہاتھ اس کے ہاتھوں پر رکھا۔

"نہیں... پلیز... " اس نے میری آنکھوں میں جھانکا۔ پورا چہرہ آنسوؤں میں نہایا ہوا تھا۔ سرخ سرخ آنکھیں مجسم سوال بنی مجھ سے دریافت کر رہی تھیں...

"آشو! تم بتا سکتے ہو۔ پاپا کیوں پاکستان گئے۔ کیوں گئے پاکستان یہاں کون سا غم تھا۔

انکل تھے، تم لوگ تھے ... پاپا اس سے پہلے کبھی یہاں نہیں لائے۔ صرف بتاتے رہے یہاں کے بارے میں۔ تم لوگوں کے متعلق تمہیں بھی کہاں دیکھا تھا پاپا نے۔ اور اب... میں جانتی ہوں آشو یہاں سے جانے کے بعد بھی تم سے ملنا، انکل سے ملنا یا یہاں آنا سب کچھ ایک خواب بن جائے گا۔ جیسے برسوں بعد پاپا آئے ہیں اور انہوں نے بے شمار تبدیلیوں کے علاوہ اپنے اکیلے بھائی کو بھی ایک خاندان میں بٹا پایا ہے ٹھیک ویسے ہی آشو اگر اس بار آنا ہو تو... "

اِرم روئے جارہی تھی۔

دروازے پر کھڑے تھے۔ چھوٹے چچا... ابّا... جو نظریں نیچی کئے جیسے برسوں سے اندر دبے لاوے کو پھوٹنے سے روکنے کی سعی لا حاصل کئے جا رہے تھے۔ بس اتنا ہی تو کہہ پائے تھے چھوٹے چچا۔

"بیٹی ارم... ہم تمہاری بات سن چکے ہیں بیٹی۔ ہم شرمندہ ہیں تلخ حقیقت کی طرح جیسے برسوں ایک بھائی سے بچھڑنے کے غم کو میں نے جھیلا ہے 'یہ زہر میں نے پیا ہے ویسے تمہیں بھی... "

"پاپا... " ارم پاپا کے گلے لگ کر پھوٹ پھوٹ کر رو پڑی تھی۔

آنسوؤں سے تر آنکھوں کو وہ نظر جذب کیے اب پانچ سال ہو چکے ہیں۔ سرحد پار ہونے والے دنگوں نے کتنے ہی خاموش وسوسے اندر پیدا کر دیئے ہیں۔ سب کچھ تو وہی ہے۔ وہی پانچ سال پہلے کا سچ اور تاریخ کے اس پار اِرم کھڑی ہے۔

وقت کتنی جلد بیت جاتا ہے۔ پاپا امرتسر تک گئے تھے۔ چھوٹے چچا اور اِرم کو الوداع کہنے کے لیے تین چار دن پہلے سے ہی گھر میں ماتمی دھن بجنے لگی تھی۔ ارم صرف روئے جارہی تھی۔ ابا اور چچا جب بھی مل بیٹھتے، آنسوؤں کی گنگا جمنا بہنے لگتی۔ نازک

احساس کی سرزمین پر کھڑا ہوا میں جیسے ہجرت اور مہاجر کے معنی سمجھنے میں اب بھی الجھا ہوا تھا۔

"تم کیوں نہیں آسکتی ہو اِرم۔ یا پھر میں کیوں نہیں جا سکتا۔ یہ سرحدیں دو ملکوں کے بیچ کیوں بنائی جاتی ہیں۔ پہلے تو یہ سب ایک تھے۔ ہندوستان اور پاکستان اور بنگلہ دیش... الگ الگ آزادی کے خواب نے ایک پورے آریہ ورت کو کیوں ختم کر دیا ہے ارم... "

ہاں پورے آریہ ورت کو... تاریخ سے اس وقت بھی خاص لگاؤ رہا تھا۔ سات تقسیم... اور آریہ ورت ٹکڑے ٹکڑے الگ ہی ملکوں میں الگ الگ تقسیم ہو گیا۔ دلوں کے سودے ہو گئے۔ جذبات پر پہرے بٹھا دیئے گئے۔ نازک احساسات کو کانٹے دار جھاڑیوں نے پاٹ دیا... اور — ارم چلی گئی... چلی گئی ارم۔ تاریخ کے پنّوں میں اس نفرت کی آگ ڈھونڈھتا رہا سبھی نے ایک بڑے خطے کو دو الگ الگ حصوں میں تقسیم کر دیا تھا۔ اس ناپاک سازش کا سرا تلاش کر رہا تھا۔ جنھوں نے ہندوستانیوں کے دل میں نفرت کے تخم بو دیئے تھے... ایسا کیوں ہوا... سوچتے سوچتے اس مقام پر آکر ٹھہر جاتا ہوں۔ چھوٹے چچا نے ایسا کیوں کہا کہ آزادی کے اتنے سال بعد بھی وہ مہاجر ہیں۔ پھر ارم کا چہرہ نظروں میں ابھرتا جو تنہائی میں ہر پل انوکھے انوکھے سوالوں کی بوچھار سے اسے الجھن میں کھڑا کر دیتی —

"ہم پھر کب ملیں گے آشو۔"

"مان لو۔ اگر ہم نہ ملیں تو۔"

"یہ بتاؤ... اگر ہم کئی سال بعد ملیں تو... اتنی مدت تو کسی کو بھی بھلانے کے لئے کافی ہوتی ہے۔ تو کیا تم مجھے بھلا دو گے ؟"

"نہیں نا — تو بتاؤ ان سرحدوں کو کیسے جوڑا جائے!"

"ہم نہیں ملے تو... " میں نے صبر کی انتہا کر دی تھی۔ میں سمجھ لوں گا کہ تم یہاں کبھی آئی ہی نہیں۔ چچا ابا کبھی ہندوستان آئے ہی نہیں تھے۔"

"مگر میں یہ سوچ کر خود کو بہت دیر تک بھلا نہیں سکتی۔" اِرم پتھر کی مورت میں تبدیل ہو گئی تھی۔

"پھر کیسے ہو گا۔"

"ہم روز ملیں گے ... وقتی طور پر خوشی کے کتنے ہی ننھے منے چراغ ارم کی آنکھوں میں روشن ہو گئے تھے۔

"ہم ایسے روز ملیں گے ... کیا سمجھے، رات کا وقت ہو گا... دس بجے کا... تم جہاں کہیں بھی ہو گے اس وقت بستر پر آ جانا۔ میں جہاں بھی رہوں گی اس وقت بستر پر لیٹ جایا کروں گی اور بالکل ہم دونوں ایسے باتیں کریں گے جیسے بالکل پاس بیٹھے ہوں اور ایک دوسرے سے باتیں کر رہے ہوں... "

"ارم!" آنکھیں کچھ زیادہ ہی روشن ہو گئی تھیں —"سرحد پار وقت تو وہی رہتا ہے نا ... ایک ہی وقت پر ہم مل لیا کریں گے نا... "

آنکھوں کے روشن قمقمے سمجھ گئے تھے۔ ارم رو رہی تھی۔

"جانے سے پہلے ان آنسوؤں کو میں خشک نہیں کرنا چاہتی۔ یہ آنسو اس ملک کا تحفہ ہیں۔ وہاں مجھے یہ اس بات کی یاد دلاتے رہیں گے کہ کبھی ایک تہذیب یافتہ ملک نے مذہب اور قوم کے نام پر نفرت اور دشمنی کے دھاگوں میں وطن پرستی کو خیر باد کہہ دیا تھا۔ اور ایک ہی وطن میں سرحد کی ناپاک لکیر پار کر برسوں پرانی محبت اور دوستی کو ایک دوسرے کے دلوں سے نکال پھینکا تھا۔"

پانچ سال گزر گئے۔ مگر پانچ سال کافی نہیں ہوتے۔ مضبوط ارادے کو سلانے کے

لیے... احساس میں چبھے ہوئے نشتر کو نکالنے کے لیے۔ وہ زخم تازہ ہے کہ پانچ سال کافی ہوتے ہیں تو بہت سنجیدگی عطا کرنے کے لیے... تیز رفتار زندگی کے ساتھ اسے قدم ملا کر بھاگتے ہوئے سرحد پار کے دنگے چھوٹے چچا کی لرزتی ہوئی آواز اس بات کی وضاحت کر دیتے ہیں کہ آج بھی، آزادی کے اتنے سال بعد بھی ہمارے ساتھ مہاجروں سا سلوک ہو رہا ہے... آزادی کے اتنے سالوں بعد بھی ہم مہاجر ہی ہیں۔ ارم کی آنسوؤں میں ڈوبی آنکھیں نظر آتی ہیں... جانے سے پہلے ان آنسوؤں کو میں خشک نہیں کرنا چاہتی۔ یہ آنسو اس ملک کا تحفہ ہیں... ملک کا بٹوارہ ہی کیا کم تھا کہ ایک ہی مذہب کے بھائیوں نے نسلی منافرت کی آگ کو ہوا دینا شروع کر دیا۔ خبروں نے ایک بار پھر جھلسا دیا ہے...

پاکستان جل رہا ہے... جلی ہوئی سرخیوں نے ابّا کے چہرے پر دہشت اُگا دی ہے۔ "اللہ خیر کرے۔ اسی آزادی کا خواب دیکھا تھا مسلمانوں نے کہ ایک ہی مذہب کے ہو کر نفرت کی داستان لکھنے بیٹھ گئے تھے۔" دوست یار مجھ سے دریافت کرتے ہیں۔ سرحد پار کے دنگوں سے تمہیں کیا لینا دینا۔ تم کیوں اتنے پریشان ہو رہے ہو۔

کیسے کہوں کہ یہ دنگے سرحد پار نہیں بھڑک رہے بلکہ اپنے ملک میں بھڑک رہے ہیں۔ پورے آریہ ورت میں ٹکڑے ٹکڑے میں نے اسے کبھی نہیں دیکھا۔ کبھی محسوس نہیں کیا۔ فرنگیوں کی لگائی ہوئی آگ میں پورا آریہ ورت سلگ رہا ہے۔ ان سے پوچھو جو آزادی کے اتنے سال بعد بھی مہاجر کہلا کر جی رہے ہیں۔ سہراب گوٹھ سے اٹھی ہوئی یہ آگ صرف پاکستان میں نہیں پھیلی ہے بلکہ اندر اندر ہم سب کو جلا گئی ہے۔ گھر بار جائیداد سب کچھ چھوڑ کر جانے والوں پر کیا اسی تحفظ کے خیال سے ملک کا بٹوارہ کر دیا تھا کہ وہاں جا کر الگ الگ پٹھان، بلوچ، اور مہاجر کے بیچ تقسیم ہو جائیں —اور کیسے کہوں کہ ابّا کی لرزتی ہوئی آواز میں اس بھائی کا درد شامل ہے جو ایک بھائی کو "غیر محفوظ لوگوں"

کے ہاتھوں سونپ کر اپنے تحفظ کے خیال سے پتہ نہیں کیسے ہجرت کے سفر پر اکیلا نکل گیا تھا—

برسوں بعد سرحد پار کی اس لڑکی نے اس کی آنکھوں کو کیسا محبت بھرا پیغام دیا تھا اور گونگی چاہتیں پوچھ رہی تھیں... دونوں کے بیچ کوئی سرحد نہ ہوتی تو... آشو تم بتا سکتے ہو پاپا کیوں پاکستان گئے... یہاں کون سا غم تھا... انکل تھے... تم تھے... مگر نہیں... ہم پھر ملیں گے...

تاریخ کے ٹوٹے ہوئے رتھ پر سوار ہے ارم... ہم پھر ملیں گے ایسے کہ رات کا وقت ہو گا۔ دس بجے گا۔ تم جہاں کہیں بھی ہو گے اس وقت بستر پر آ جانا۔ میں جہاں بھی رہوں گی، اس وقت سارے کام سے فارغ ہو کر بستر پر لیٹ جایا کروں گی اور ہم دونوں بالکل اس طرح باتیں کریں گے جیسے پاس پاس ہوں۔"

دس بجے کا وقت — مگر شاید یہ وقت کبھی نہیں آئے گا اپنے ہی احساس کے بند دروازے پر دستک دیتا ہوا میں پورے طور پر کانپ گیا ہوں... میں نے کہا تھا نا... سرحد پار وقت تو وہی رہتا ہے نا... میں تو ہر روز تمہاری موجودگی کو محسوس کرتے ہوئے بستر پر لیٹ جاتا ہوں ارم، اور سمجھتا تھا کہ تم بھی دوسرے کاموں سے فارغ ہو کر میرے برابر بیٹھ گئی ہو...

پورے پانچ سال سے یہی تو کر رہا تھا میں...

مگر بتاؤ ارم!

خبر ملی ہے کہ تم سرحد پار سے بھی بہت دور —شاید دنیا کی تمام سرحدوں کو توڑ کر آگے نکل گئی ہو۔ چچا ابا بھی... پہلے تو فاصلہ صرف سرحد کا تھا اور اب... کیسی عجیب ملاقات تھی ان پانچ برسوں کی کہ تم تھی بھی اور نہیں بھی تھی مگر تم سے باتیں ہوتی رہتی

تھیں۔ اور اب...

بتاؤ اِرم... میرے اندر کی یہ آگ کیسے ٹھنڈی ہو گی؟

میرا آریہ ورت مجھے واپس کیسے ملے گا؟

تاریخ کے اس پار ارم کھڑی ہے مگر ارم کچھ کہتی نہیں۔ گونگی بن گئی ہے۔ میں جانتا ہوں ارم اب کچھ نہیں بولے گی۔ اب کبھی کچھ نہیں بولے گی۔

* * *

لحاف والی لڑکی

(عصمت چغتائی کی کہانی لحاف کے نام)

عصمت چغتائی کا نام تو سنا ہی ہو گا؟ پھر آپ عصمت چغتائی کے لحاف سے بھی بخوبی واقف ہوں گے۔ ارے وہی لحاف، جہاں دیوار پر ہاتھی جھول رہا تھا اور لڑکی غڑاپ سے لحاف کے اندر ہو گئی تھی۔

وہ لحاف سے نکلی ہوئی وہی لڑکی تھی۔ لیکن مشکل یہ تھی کہ لحاف میں غڑاپ ہونے کا یہ انداز اسے پسند نہیں آیا تھا۔ وہ دیر تک اپنے ہونے اور نہ ہونے کے احساس سے گزرتی رہی — جیسے، سب سے پہلے تو یہی ناگوار سا احساس، کہ وہ لحاف میں گئی ہی کیوں؟ نہ جاتی تو کون سا چاچا چا بڑے آ کر لے جاتے...

لیکن اس بات کا بھی سیدھا سا جواب اس کے پاس موجود تھا۔ نہیں جاتی تو کام سے نکال دی جاتی۔

بڑے لوگوں کے پاس اُترن پہننے والیوں کی کمی تھوڑے ہی ہوتی ہے۔ اور اُسے تو پہلے ہی یہاں کے سارے اصول اور قاعدے بتا دیئے گئے تھے —'یہ لوگ جو کہیں، بس کرتے جانا ہے۔ جو بھی... اس لفظ پر زور دیا گیا تھا —'نا' کہنے کا سوال ہی نہیں۔ اس اعتبار سے لحاف کے اندر جانا اس کو دیئے گئے گھریلو کاموں کا ہی ایک حصہ تھا۔ وہ سب کچھ دیکھ اور سن چکی تھی۔ بڑے میاں کو لونڈوں سے فرصت نہیں تھی اور بیگم صاحبہ اپنی جان لیوا

تنہائی سے پریشان —اور اس رات —جب پہلی بار لحاف کو اٹھتے دیکھ کر وہ ڈر گئی تھی ... اوئی ماں... لحاف میں عجب عجب صورتیں بن رہی تھیں —اور —نوجوانی کا یہ تجسس کب اسے لحاف کے اندر لے آیا، اسے پتہ بھی نہ چلا— مگر لحاف کے اندر جو کچھ بھی ہوا، اب اسے اُبکائی آ رہی تھی —یا وہ اپنے ہی احساس کے موذی کیڑوں سے زخمی ہو چکی تھی — اُف —لحاف کے اندر کی دنیا کتنی خوفناک تھی —کیسا بھیانک سنّاٹا—اور سناٹے میں رینگتے ہوئے سانپ جیسے اس کے نوخیز جسم کا زہر چوس رہے تھے —ایک لمحے کے لیے جسم گم تھا۔ اور جسم کی جگہ ہزاروں سانپ جاگ گئے تھے۔ پھنکارتے ہوئے سانپ ... اپنی زہریلی زبانوں سے اس کے جسم کو نیلا کرتے ہوئے —لیکن وہ کرتی بھی تو کیا کرتی۔ خود کو مجبور اور اپاہج محسوس کر رہی تھی۔ جیسے حویلی کے باہر مٹی کی کوٹھری میں بندھی ہوئی گائیں —لیکن وہ ان معصوم اور بے زبان گایوں سے بھی اپنی برابری نہیں کر سکتی تھی۔ اس کے پاس سینگ ہی کہاں تھی، جو منہ سے آواز بھی نکالتی —وہ ایک ایسی پالتو خادمہ تھی، جو بیگم صاحبہ کے پاؤں دبانے کے ساتھ ہی لحاف کے اندر کے گھپ اندھیرے کو دیکھ آئی تھی—

—کتنا اندھیرا تھا... ؟

ہاں

—اور آوازیں... ؟

ہاں

—آوازیں، ٹھنڈ کے موسم میں، جنگل میں چیختے بھیڑیوں کی آوازیں بھی شامل تھیں... '

پتہ نہیں

—لحاف میں بیگم صاحبہ کے جسم کے علاوہ بھی کچھ تھا... ؟

ہاں

—خرگوش کی طرح پھدکتا ہوا... ؟

ہاں

—اور گرگٹ کی طرح لہولہان کرنے والا احساس... ؟

ہاں

—تم منع بھی کر سکتی تھی... ؟

نہیں

—لحاف کے اندر جھانکنے کے تجسس کو روک نہیں پائی... ؟

پتہ نہیں

—بیگم صاحبہ کے نرم گرم لحاف میں ہاتھی کو اچھلتے پھدکتے دیکھنے کی خواہش تھی نا ... ؟

پتہ نہیں۔

وہ بے حد کمزور لفظوں کے ساتھ خود سے جنگ کر رہی تھی —اور جیسے تصور کے پردے میں کتنی ہی بار، اس کے اندر ایک خواہش نے سر اٹھانا شروع کیا تھا... لحاف کو چھو کر دیکھوں؟ یہ لحاف اتنی شکلیں کیوں بدلتا ہے رات میں... ؟ اور لحاف کے اندر نرم، پھدکتے خرگوشوں کو دیکھنے کی یہ خواہش اسے اندر کی خوفناک دینا میں لے گئی تھی — لیکن تب اسے کیا پتہ تھا، کہ یہ نرم، پھدکتے خرگوش تو کب کے لحاف کی اندھیری سلطنت سے باہر نکالے جا چکے ہیں...

اور یہیں وہ حادثہ ہو گیا، جب یکایک وہ بیگم صاحبہ کے ساتھ لحاف میں 'غڑاپ' ہو

گئی تھی۔

..

رات ہو گئی تھی۔

امّاں کو حیرانی تھی —لحاف سے باہر آنے کے بعد بیٹا کے تیور بدلے ہوئے تھے۔ یہاں کی میلی، بدنما دیواروں پر بھی لحاف سے بر آمد ہاتھی ڈول رہے تھے —اس نے تیزی سے اپنی دونوں روشن آنکھوں کو ہتھیلیوں سے چھپالیا— لیکن یہ کیا—؟ جیسے لحاف آہستہ آہستہ کھل رہا تھا— اور اس کے دھاگے ایک ایک کر کے اس کے جسم سے لپٹتے جا رہے تھے —اماں کی آنکھیں مسلسل اسے دیکھے جا رہی تھیں۔ ایک لمحے کو محسوس ہوا، اماں کو بھی لحاف سے نکلے دھاگوں نے اپنی قید میں لے لیا ہو...

—'تم جاتی تو ہو گی بیگم صاحبہ کے پاس؟ اماں بیٹی کے معصوم سوالوں کی زد میں تھیں۔

ہاں

—پاؤں دباتی ہو گی... ؟

یہ بھی کوئی پوچھنے کی بات ہے...

بیٹی اب غور سے اماں کو دیکھ رہی تھی —

—سردی کے دنوں میں بھی جاتی ہو گی؟ جب لحاف میں الگ الگ طرح کی شکلیں ابھرتی ہیں... ؟

تجھ پر پری یا جن کا سایہ تو نہیں ہو گیا—ہائے اللہ یہ کیا بولے جا رہی ہے...

—غصہ مت کرو۔ جو پوچھوں وہی بتاؤ۔ وہاں تم نے دیوار پر ہاتھ دیکھا کیا—؟

باولی ہو گئی ہے۔ اب دیوار پر ہاتھی کہاں سے آئے گا؟ اماں کی چیخ نکل گئی۔

—دیوار پر ہاتھی تھے —بلکہ دو دو ہاتھی —بیٹی کی آنکھیں خلاء میں دیکھ رہی تھیں' جہاں بیگم صاحبہ کے ساتھ اماں بھی تھیں۔لحاف کی اندھیری سلطنت میں —

—تم کیوں جاتی تھی بیگم صاحبہ کے پاس... ؟بیٹی نے پلٹ کر پوچھا۔

لو،اس کی سنو—دیوڑھی سے ہمارا رزق جڑا ہے۔اس لیے۔

—رزق میں پاؤں دبانا بھی لکھا ہے—؟

ہاں

—تم اس روایت کو توڑ نہیں سکتی تھی... ؟

کوئی نہیں توڑ سکتا۔

—کیوں؟

کیونکہ بڑے لوگ قاعدے قانون توڑنے کے لیے نہیں بناتے۔

لڑکی مطمئن تھی۔روایت ٹوٹنے کے لیے ہی ہوتی ہے۔اور ایسا سوچتے ہی اس نے لحاف کے' جسم سے لپٹے دھاگوں کو ایک ایک کر کے کھولنا شروع کر دیا تھا۔

جیسے اندر ہی اندر وہ کوئی فیصلہ لے چکی ہو—

••

ٹھیک ٹھیک اس پورے واقعہ کے بارے میں بتایا جانا مشکل ہے ممکن ہے یہ واقعہ اُنہیں دنوں میں پیش آیا ہو، جب سردیاں بڑھ گئی تھیں۔اور آسمان کو دھند کی چادر نے ڈھک لیا ہو—لیکن، بیگم صاحبہ کی عالیشان کوٹھی میں ایک بار پھر وہی کہانی دہرائی جارہی تھی، جو کبھی ایک زمانے میں روسی مملکت میں دہرائی جارہی تھی اور نکولائی گوگول کا ایک کردار مردہ غلاموں کی خرید کر رہا تھا۔ایسے غلام جو سرکاری دستاویزوں میں مرنے کے باوجود زندہ تھے—اور جیسا کہ، لحاف سے نکل کر باہر آنے والی لڑکی نے ایک لمحے کے

اندر غلامانہ ذہنیت کی زنجیریں توڑ دی تھیں اور ایک مضبوط فیصلہ لے لیا تھا — وہ داسی نہیں ہے۔ وہ زر خرید لونڈی نہیں ہے — اور زندہ ہے اور اسے اپنی خواہشوں کے ساتھ زندہ رہنے کا اتنا ہی حق ہے جتنا بیگم صاحبہ کو — اور یہ... کہ جو کچھ ہوا، غیر متوقع طور پر — اس میں لحاف کا اتنا ہی دخل تھا، جتنا اس کی برہنہ خواہشوں کے ساتھ خرگوش کے پھدکنے کا —

قارئین، اور اسی لیے صراط مستقیم پر چلتی ہوئی اس کہانی کے انجام کے لیے آپ مجھے معاف کریں گے — آپ چاہیں تو پڑھیں — نہ پڑھیں تو کوئی بات نہیں — جیسے یہ کہ دوسرے دن اچانک کوٹھی میں ہنگامہ برپا ہو گیا کہ 'بانو' بھاگ گئی۔ لیکن بیگم صاحبہ کے لیے گہرے صدمہ کی بات یہ تھی کہ وہ اپنے ساتھ پشتینی لحاف کو بھی لے کر بھاگ گئی تھی۔

اور جیسا کہ، بیگم صاحبہ نے ایک اڑتی اڑتی خبر سنی تھی کہ ایک جنگل ہے... جہاں بانو معصوم خرگوشوں کو پکڑتے ہوئے دیکھی گئی تھی... ممکن تھا، لحاف بھی اس کے ساتھ ہو — یا پھر، یہ بھی ممکن ہے کہ دونوں لحاف کے اندر ہوں... نرم گرم خرگوش اور... بانو... یا ممکن ہے اس نے لحاف کو جلا ہی ڈالا ہو — موئی کیا جانے لحاف کی قدر — !

***

اس بار نہیں

"اس بار نہیں / اس بار جب میں اپنے چہرے پر درد لکھا دیکھوں گا / نہیں گاؤں کا کوئی گیت / تکلیف بھلا دینے کے لیے / اس بار زخموں کو دیکھنا ہے غور سے / تھوڑے لمبے وقت تک / کچھ فیصلے / کہیں تو شروعات کرنی ہوگی / اس بار یہی طے کیا ہے /

پرسون جوشی کی ایک کویتا سے

مہابھارت میں یکشیہ، یدھشٹر سے پوچھتے ہیں — تمہیں اس دنیا میں سب سے انوکھی بات کیا لگتی ہے۔ یدھشٹر کہتے ہیں۔ سب جانتے ہیں، موت ہی سچ ہے۔ سب کو ایک دن مر جانا ہے۔ لیکن سب ایسے جیتے ہیں گویا کبھی نہ مرنے کے لیے اس دنیا میں آئے ہوں۔

اس وقت شام کے ساتھ بجے ہوں گے۔ آفس ریسپشن پر ٹی وی دیکھنے والوں کی بھیڑ جمع تھی۔ سیریل بم بلاسٹ۔ مارے گیے فدائین کے چہرے بار بار کیمرے کے آگے چمک رہے تھے۔ اینکر زور زور سے چلّا رہا تھا۔ پولس تفتیش کر رہی ہے۔ دھماکے کرنے سے پہلے ان کے ٹھکانے کون کون سے تھے۔ یہ کہاں سے آئے تھے۔ اعظم گڑھ سے کشمیر اور پاکستان تک، اینکر دہشت گردوں کے تار جوڑنے کی کوشش کر رہا تھا۔

اس کی آنکھیں خوف سے پھیل گئی تھیں — چہرہ زرد — بدن میں کاٹو تو خون نہیں۔ وہ سر سے لے کر پاؤں تک لرز رہا تھا۔ جس وقت جینی سے اس کی نظریں ملیں، وہ جیسے اندر تک ننگا ہو چکا تھا۔ وہ ایک سکنڈ بھی وہاں ٹھہرا نہیں۔ سرعت سے باہر نکل گیا۔ جینی

کو کچھ عجیب سا لگا۔ دوسرے ہی لمحے وہ اس کے چہرے کا تاثر پہچان گئی تھی۔ وہ تیزی سے اس کے پیچھے لپکی۔

'سنو تو'

باہر شام کی سیاہی چھا چکی تھی۔ سڑک پر گاڑیاں دوڑ رہی تھیں۔ آفس سے دو قدم سگریٹ والی گمتی کے پاس وہ کھڑا تھا۔

جینی اس کے سامنے کھڑی تھی۔ پریشان اس کی آنکھوں میں جھانکتی ہوئی ـــ

'اس طرح بھاگ کر کیوں آ گئے۔ پاگل ہو ـــ یہ میں بھی جانتی ہوں کہ وہ تم نہیں ہو ـــ

اس نے سگریٹ سلگا لیا۔ دھوئیں کے چھلّوں میں اس کا بے جان اور سپاٹ چہرہ کسی مردہ کی طرح نظر آ رہا تھا۔

'کیا کسی نے کچھ کہا۔ کوئی تبصرہ کیا؟ نہیں نا ـــ' آہستہ سے جینی نے اس کا ہاتھ تھام لیا ـــ صرف اس لیے کہ آتنک وادیوں کے نام تمہارے ناموں کی طرح ہوتے ہیں... وہ زور سے چلائی ـــ پاگل مت بنو۔ خود کو کمزور اور جذباتی کرتے ہوئے کہیں نہ کہیں تم ان لوگوں کا ساتھ دیتے ہو۔ کوئی بھی پڑھا لکھا آدمی ان کے نام پر تمہیں یا عام مسلمان کو شک کی نظر سے نہیں دیکھ سکتا ـــ سمجھ رہے ہو نا تم۔

آخری جملہ اس نے قدرے پیار سے ادا کیا تھا ـــ بس اب اندر چلو اور ہاں ـــ زیادہ سگریٹ پینا صحت کے لیے نقصان دہ ہے... '

تھوڑی ہی دیر بعد دونوں آفس کی کینٹین میں بیٹھے ہوئے تھے ـــ جینی کی آنکھیں اس کی آنکھوں میں ڈوبی ہوئی تھیں۔

'سنو سلیم درگاہی۔ اپنے اندر کے ڈر کو باہر نکالو۔ جب وہ اسلام یا مسلمان کہتے ہیں تو

یہ تم نہیں ہوتے۔ تم کیوں نہیں سوچتے اس سطح پر۔ جیسے سنگھ، بجرنگ دل یا ہندوتو کے معنی جب میڈیا سمجھاتا ہے تو وہ میں نہیں ہوتی — میں جینی کشواہا۔ آتنک، ورلڈ مارکیٹ کا ایک پروڈکٹ ہے، جس کی آڑ لے کر طاقتور ملک اپنی سیاست کی روٹیاں سینک رہے ہیں۔ پھر چاہے وہ بش ہوں یا اوبامہ۔

لیکن جیسے اسے کوئی فرق نہیں پڑا تھا۔ اس کی آنکھوں کی پتلیاں بے جان اور سرد تھیں۔ وہ چہرہ۔ وہ چہرہ اس کی آنکھوں میں ناچ رہا تھا۔ وہ اس معصوم چہرے کی زد میں تھا۔ وہ بڑی بڑی اندر اتر جانے والی آنکھیں جیسے اس کے اندر اندر سما گئی تھیں۔

جینی نے خاموشی سے اس کے ہاتھوں کو تھام لیا۔ اس نے بات کا رخ موڑتے ہوئے کہا۔

'چلو۔ ویستا میں چل کر بیٹھتے ہیں۔'

لیکن جیسے کوئی آہٹ نہیں — آواز کی گونج نہیں — سنّاٹا اور سنّاٹے میں وہی چہرہ اس کی آنکھوں کی پتلیوں پر فریز کیا گیا تھا۔ چھوٹے بال پیشانی تک پھیلے ہوئے — سانولا رنگ۔ چہرے پر کیپ یا ہیٹ جیسی کوئی چیز نہیں۔ کالے کپڑوں میں دایاں ہاتھ تھوڑا سا اٹھا ہوا۔ تصویر شیشے کے پیچھے سے لی گئی ہے۔ جب اس کی ایک چھوٹی سی جھلک عمارت سے کافی فاصلے پر زمین لیے بہت سارے چینلس نے ایک ساتھ لی تھی — جب وہ کچھ دیر کے لیے شیشے نما کیبن میں نظر آیا تھا۔ بائیں ہاتھ میں اے کے فوٹی سیوین — دائیں ہاتھ کی کلائی میں بندھی ایک کالی پٹی۔ عمر یہی کوئی پچیس سے ستائیس برس۔

اندھادھن چلتی گولیوں کے درمیان جیسے میڈیا کو ایک بڑی، سب سے بڑی بریکنگ نیوز مل گئی تھی۔ مگر وہ چہرہ — اس کی آنکھیں ایک پل بھی اس چہرے سے ہٹ نہیں رہی تھیں —

'یہ تم نہیں ہو۔ سمجھے تم۔' جینی ایک بار پھر غصے سے بولی — اس بار پلٹ کر اس نے جینی کو دیکھا۔ یہ میں ہی ہوں جینی۔ بس، الگ الگ بھیس میں میں ہی ہوں — اس کا گلہ رندھ گیا تھا۔

'ایک خاموش تماشائی بن گئے ہیں ہم۔ جن کی اوقات ایک جوکر سے زیادہ نہیں ہے۔ ہر بار گولی عام آدمی کو نہیں لگتی، ہمیں ہے۔ سیدھے یہاں دل میں۔ ہر بار جیسے پاگل کر دینے والے سوال ہمارا راستہ روک لیتے ہیں۔ ارے یہ بھی ہم۔ یعنی یہ بھی مسلمان — ارے گولی کہاں چلی — برفیلی پہاڑیوں میں — وہاں بھی کوئی اظہر یا سلیم ہی ملے گا — واردات نیپال میں ہو، یا کوہ قاف کی پہاڑی میں — کرنے والا مسلمان ہوتا ہے۔ اور یہاں پھٹتی ہے ہماری۔ کانپ ہم جاتے ہیں۔ بل میں دبکتے ہیں ہم — چاہے سڑک پر جاتے کسی نہتے پر گولی چلے۔ سنسد میں یا اکشر دھام میں۔ بھیڑ بھاڑ والے علاقے میں یا تاج میں۔ یہ فدائین سالے... ' اس نے غصے میں گندی گالی بکی۔ یہ تو صرف ایک بار پولس کی گولی سے مر جاتے ہیں۔ اور یہاں ہم۔ بار بار مرتے رہتے ہیں۔ تمہیں وہ فلم یاد ہے۔ جس میں ایک انگریز ایک مسلمان سے کہتا ہے — سوال یہ نہیں ہے کہ ہر مسلمان دہشت گرد نہیں ہے۔ سوال یہ ہے کہ ہر دہشت گرد مسلمان کیوں ہوتا ہے — ٹی وی کسی کے گھر سلنڈر پھٹنے کی بھی خبر دیتا ہے نا — تو لگتا ہے یہ کام بھی ہم نے کیا ہے — پھٹ جاتی ہے ہماری... '

لیکن کون بول رہا تھا؟ کس سے؟ کیا وہ خود سے بول رہا تھا — اس نے دیکھا — جینی پھٹی پھٹی نظروں سے اس کی طرف دیکھ رہی ہے — 'چلو اٹھو۔ چائے بھی نہیں پی تم نے۔ تمہارے ہاتھ گرم ہیں۔ گھر چلے جاؤ۔ میں بھی آج چھٹی کر لوں گی۔ تمہارے پاس آ جاؤں گی"

گھر؟ کون سا گھر؟ وہ گھر نہیں جائے گا۔ یہ سوچ لیا ہے اس نے۔ لیکن وہ کہاں جائے

گا۔ کس کے گھر؟ جینی کے گھر بھی نہیں۔ وہاں اس کے پیرنٹس رہتے ہیں اور وہ جانتا ہے۔ جینی کے پیرنٹس اس کی اور جینی کی دوستی کو پسند بھی نہیں کرتے۔ جینی نے ایک بار کافی پیتے ہوئے مذاق بھی کیا تھا۔ میرے ممی ڈیڈی تو تمہیں داماد بنانے سے رہے۔ جانتے ہو۔ تمہارے بارے میں ان کی کیا رائے ہے۔ مسلمان بھروسے مند نہیں ہوتے — معصوم لوگ — انہی خبروں پر رہتے ہیں، جو سنتے ہیں اور دیکھتے ہیں — اور بس ایک عام سی رائے کسی کے بارے میں بُن لیتے ہیں۔ لیکن مجھے غصہ نہیں آیا— "

'کیوں؟'

'کیونکہ وہ ان لاکھوں کروڑوں لوگوں میں سے ایک ہیں جو اپنے دماغ سے سوچتے ہیں نہ اپنے دماغ سے کوئی فیصلہ لیتے ہیں — وہ وہی سوچتے ہیں، جو اخبار، میڈیا اور چینلس ان کے دماغ میں ڈالنا چاہتے ہیں — پور فیلوز... "

"لیکن کیا صرف اتنا کہہ دینا کافی ہے کہ یہ وہی سوچتے ہیں جو انہیں سوچنے پر مجبور کیا جاتا ہے؟ جب ایک دن ایسا سوچنے والوں کی ایک بہت بڑی جماعت بن جائے گی تو؟ وہ ہنسا تھا — اس وقت ہم تم جیسے اقلیت میں ہوں گے — یہ ہمیں پاکستان بھیج چکے ہوں گے۔"

جینی سنجیدہ ہو گئی تھی — "کیا کروں میں سلیم درگاہی، یہ پیرنٹس ہیں میرے۔ زیادہ بولتی ہوں تو زمانے کی اونچ نیچ ہمیں سمجھانے لگتے ہیں۔ اتنا جانتی ہوں کہ برے نہیں ہیں وہ — لیکن ایسا سوچنے والے اگر اپنی فکر کا دائرہ اسی طرح بڑھاتے رہے تو — ایک دن خطرناک بھی بن سکتے ہیں۔"

اس نے ایک بار پھر بات کو پلٹتے ہوئے کہا تھا —

"ایک بات کہوں، برا تو نہیں مانو گے؟

"نہیں"

"سر کے بال جھڑنے لگے ہیں تمہارے — دیکھو — یہاں سے... اور یہاں سے... اف... پھر میرے علاوہ کوئی پیار کرنے والا بھی نہیں ملے گا تمہیں، وہ شرارت سے بولی تھی —"ایک ہیٹ لے آؤ — ہیٹ پہن کر اچھے لگو گے تم — میرا کہا مان لو، بولو تو میں ہی لے آؤں — ایک خوبصورت سا ہیٹ — "

جینی کی یہ ہمیشہ سے عادت تھی۔ سنجیدہ سے سنجیدہ بات کو اچانک کسی مذاق سے جوڑ دینا — لیکن اس دن گھر آنے کے بعد شیشے میں دیر تک وہ خود کو دیکھتا رہا — شاید جینی ٹھیک کہتی ہے۔ ایک ہیٹ کی ضرورت ہے اسے — مسکرانے کی کوشش کی تھی اس نے ... مگر عمر کے بڑھتے احساس کو تو نہیں روک سکتا۔

ایک بار پھر وہ اسی دھواں منظر کی زد میں ہے — کہاں جائے؟ گھر؟ اس کا اپنا گھر؟ کرایے کے دو کمرے کے فلیٹ کو اگر گھر کہا جا سکتا ہے تو... بے شک وہ بھی ایک گھر ہے۔ جہاں سر چھپا لیتا ہے وہ — خالی وقت میں اپنے لیے آم لیٹ اور چائے تیار کر لیتا ہے — مگر یہ کمرہ بھی کتنی مشکل سے ملا تھا۔ دہلی کے ان پانچ برسوں میں کتنے فلیٹ بدلے تھے اس نے۔ کوئی واردات ہو جاتی اور بدقسمتی سے اسے نئی پناہ گاہ تلاش کرنے کی نوبت آ جاتی تو... جیسے آنکھوں کے آگے، خوف کے ہزاروں مکڑی کے جالے تن جاتے۔ کتنی بار کمرہ بس ملتے ملتے رہ جاتا — کبھی بڑی خاموشی سے ٹال دیا جاتا —"سوری، آپ نے آنے میں دیر کر دی — یا ایڈوانس دی گئی رقم مسکرا کر واپس کر دی جاتی — جو کرایہ دار پہلے تھے وہ واپس آ گئے۔

نام... نام... سلیم درگاہی — کہیں یہ نام تو کرائے کے مکان میں آڑے نہیں آتا؟ وہ بہت دنوں تک اپنی سوچ سے جنگ لڑتا رہا — نہیں ایسا ممکن نہیں ہے — وہ ایک

خطرناک سوچ کی پگڈنڈی پر نہیں چلنا چاہتا ہے —کچھ بھی ہو جائے اسے اس خطرناک سوچ سے باہر نکلنا ہی ہو گا۔

لیکن باہر نکلتے نکلتے بھی رسّی کا ایک پھندہ گلے میں رہ جاتا ہے —یہ نیا فلیٹ بھی جینی کی وجہ سے ملا تھا۔ یا جینی کے رحم و کرم سے —مکان مالک نے غور سے جینی کو دیکھتے ہوئے پوچھا تھا۔

"آپ... ؟"

'جینی کشواہا—'

'وائف ہسبینڈ... ؟'

"نو... نو... جینی شرارت سے مسکرائی تھی۔ 'ابھی ہیٹ نہیں لیا اس نے... جب ہیٹ لے لے گا تو... '

"ہیٹ ؟"

جینی نے ہنستے ہوئے بات بدلی تھی۔ 'آپ ٹرسٹ کر سکتے ہیں۔ ہم دونوں ایک ہی آفس میں ہیں... '

'اوہ... '

کمرے کی Key لیتے ہوئے اس نے مالک مکان سے پوچھا—اگر جینی نہیں ہوتی تو آپ مجھے یہ فلیٹ نہیں دیتے نا؟

"نہیں۔ نہیں —ایسی بات نہیں ہے... ' مکان مالک گڑبڑا گیا تھا—نئے لوگوں کو مکان دینے سے پہلے کوئی گارنٹی چاہئے نا... "

جینی ایک گارنٹی بن گئی تھی —اور اس گارنٹی نے اسے کرایے کا کمرہ دلایا تھا— یعنی یہاں جینی جیسی گارنٹی کے بغیر اس کا وجود ہی نہیں ہے —آئی ڈی اور پین کارڈ کے

ہوتے ہوئے بھی اسے ایک گارنٹی چاہئے۔ وہ آہستہ آہستہ جیسے خود کو کمزور محسوس کر رہا تھا۔ خوفزدہ بھی — جیسے اسے اپنی پہچان کے لیے بھی کہیں نہ کہیں جینی کے وجود کی ضرورت ہے —

پرانے فلیٹ سے نئے فلیٹ میں سامان شفٹ ہو گیا — سامان تھا ہی کتنا — ایک عدد فرج ٹی وی۔ دو بڑی کتابوں کی ریک، ڈائننگ ٹیبل، ایک مسہری، صوفہ اور دو کرسیاں — لیکن اس کا چہرہ اترا ہوا تھا۔ کافی بناتے ہوئے جینی اس سے بات کرتی جا رہی تھی۔

'میں جانتی ہوں تم کیا سوچ رہے ہو؟'

کافی لے کر اس کے پاس ہی بیٹھ گئی جینی۔ ایک بات کہوں۔ بڑے گھسے پٹے سوال ہیں جو تم خود سے کرتے رہتے ہو۔ تم خود کو فریش کیوں نہیں رکھتے؟ ہر وقت دم گھٹنے والے سوالوں کی زد میں کیوں رہتے ہو؟ اگر تم لندن میں ہوتے اور وہاں تم سے ایک اچھوت فارنر کی طرح سلوک ہوتا تو... ؟

وہ زور سے دہاڑا — 'لیکن یہ ہمارا ملک ہے — ہم یہاں اچھوت فارنر نہیں ہیں۔'

'وہاں بھی نہیں ہو — اور یہاں بار بار اس سچ کو دہرانے کی ضرورت نہیں ہے کہ 'یہ تمہارا ملک ہے — ریلیکس... 'وہ اس کی انگلیوں کو کس کر رہی تھی — لندن یا آسٹریلیا میں ہوتے تب بھی اجنبی بننے کی ضرورت نہیں تھی۔ کیوں کہ ہم اپنے وجود کے ساتھ جہاں بھی ہوتے ہیں، پاؤں پھیلانا جانتے ہیں۔ کچھ باتیں درگزر کرنے کے لیے ہوتی ہیں — سب سے آسان چیز ہے Ignore کرنا — اگنور کر لو۔ اور شان سے جیو۔'

'اگنور کرنا آسان نہیں جینی۔ تم جانتی ہو، جب اس طرح کی وارداتیں ہوتی ہیں... کوئی ہمارے نام کا آدمی ٹی وی اسکرین کے سامنے ہوتا ہے۔ ہماری قوم کا، ہمارا اہم مذہب۔ جانتی ہو دل کیا چاہتا ہے؟ ٹی وی میں آگ لگا دوں۔ پہنچ جاؤں اس کے سامنے — قتل کر

دوں۔ کہ تم لوگوں نے جینا مشکل کر دیا ہے ہمارا۔ تمہاری وجہ سے ہمیں شک کی نگاہوں سے دیکھا جاتا ہے۔ تم یہ سب کرتے ہی کیوں ہو؟ سچ بتاؤ—مذہب کے لیے یا پیسوں کے لیے؟ جانتی ہو جینی، گھر سے باہر نکلنے کے بعد لگتا ہے ایسی ہر واردات کے بعد دیواریں تک ہمیں گھور رہی ہوں۔ جیسے سب کچھ ہم نے کیا ہو۔ بے قصور ہو کر بھی ہم معصوم ذہن رکھنے والوں کے، شک کے دائرہ میں آجاتے ہیں... '

"تمہاری غلطی یہ ہے کہ تم ہر بار ایسی وارداتوں سے خود کو جوڑ کر دیکھتے ہو—سب سے پہلا سوال یہ ہے کہ تم ایسا کرتے ہی کیوں ہو—مت کرو۔"

وہ دھیرے سے آگے بڑھی۔ اس کے ہونٹوں پر اپنے گرم ہونٹ رکھ دیئے پھر پیچھے ہٹی۔

"تمہارے تیزی سے اٹھتے ہوئے بالوں کو کم از کم میں نہیں دیکھ سکتی۔ کچھ کرو سلیم—نہیں تو اگلی بار... وہ مسکرا رہی تھی—جن پتھ سے تمہارے لیے ایک ہیٹ لے آؤں گی۔"

اس نے ایک بار پھر بات کا رخ موڑ دیا تھا۔ لیکن شاید ہوا کے رخ کو نہیں موڑ سکی تھی—

رات تیزی سے سرک رہی تھی۔

ان دنوں شام میں ٹھنڈک بڑھ گئی تھی۔ وہ گھر جانا نہیں چاہتا تھا۔ کسی بھی قیمت پر نہیں۔ وہ دیر تک دوستوں کے نمبر چیک کرتا رہا۔ پھر بجھے دل سے اس نے عمران کو فون لگا دیا۔ چار سال پہلے ہی عمران سے دوستی ہوئی تھی۔

"سوری ڈیئر، تمہیں بور کرنے آرہا ہوں۔'

"آجاؤ" دوسری طرف سے کہا گیا۔

"سوری اس لیے کہ کب تک ٹھہروں گا نہیں کہہ سکتا۔ مگر پلیز میری مدد کرو۔ میں بہت پریشان ہوں۔"

ساکیت، عمران کے فلیٹ پر چائے پیتے ہوئے، اچانک اس کے چہرے پر جھرّیوں کا جال سا بچھ گیا تھا۔ ٹی وی چل رہا تھا۔ بریکنگ نیوز میں واردات سے متعلق نئی نئی باتیں بتائی جارہی تھیں۔ وہ آگے بڑھا۔ ایک جھٹکے سے ٹی وی بند کیا۔ اور صوفے پر دراز ہو گیا۔

کیابات ہے؟ عمران کے چہرے پر اداسی تھی۔

"کچھ نہیں"

"ان خبروں کو لے کر پریشان تو نہیں... عمران آہستہ آہستہ چائے کا سپ لے رہا تھا۔ "جب تک مرضی رہ سکتے ہو۔ لیکن اپنے گھر سے کیوں بھاگ رہے ہو..."

دماغ میں ہتھ گولے پھٹ رہے تھے۔ اس نے دونوں ہاتھوں سے سر کو تھام لیا۔ ایک ہی سانس میں غٹ غٹ چائے پی گیا۔ مگر جیسے بم کے گولے مسلسل پھوٹ رہے تھے ––وہ چہرہ بار بار آنکھوں کے آگے ناچ رہا تھا۔ ایک بھولے بھالے سے معصوم آدمی کا چہرہ––

اس آدمی کا چہرہ، جو فدائین حملوں میں مارا گیا تھا۔ قد پانچ فٹ دس انچ، سانولا رنگ ––ٹی وی پر جو تصویر بار بار فلیش ہو رہی تھی... اس کے مطابق... اس کے بائیں ہاتھ میں A-K 47 اور دائیں ہاتھ میں ایک کالی سی پٹّی۔

وہ اس چہرے کو جانتا ہے۔ اس چہرے کے ساتھ اس نے تین دن گزارے ہیں–– تین دن۔

بستر پر لیٹنے تک۔ دماغ میں سائیں سائیں چلتی آندھیاں۔ کسی حد تک کم ہوئی تھیں۔ مگر اب سارا منظر سامنے تھا۔ گھر سے ممی کا فون آیا تھا۔ بارش آنے والی ہے۔ چھت ٹپک

رہی ہے۔ کچھ پیسے بھیج دو۔ آفس سے اس نے چھٹی کرلی۔ جینی نے پوچھا بھی۔ لیکن اس نے بات بدل دی۔ نہیں کچھ نہیں — وہ جینی سے بھی پیسے مانگ سکتا تھا اور جینی انکار بھی نہیں کرتی — مہینے کے آخری دن — گھر والے سمجھتے ہیں کہ وہ نوٹ چھاپنے والی مشین میں کام کرتا ہے۔ لیکن پیسے تو بھیجنے ہیں — ڈھابے میں کھانا کھایا۔ دیر تک سڑکوں پر آوارگی کرتا رہا— سڑک پر آمد ورفت کم ہوگئی تھی۔ ایک بس سے دوسری بس — ٹہلتا ہوا وہ اپنے نئے فلیٹ کی طرف چلا — ادھر ایک قطار سے جھگی جھوپڑیاں آباد تھیں۔ یہ وہ مزدور تھے جو میٹرو کے لیے کام کر رہے تھے۔ دکانیں بند تھیں۔ سڑک پر اکّا دکّا لوگ چل رہے تھے۔ رات کے گیارہ بج گئے تھے۔ گھر کی طرف بڑھتے ہوئے اچانک اس کے قدم ٹھہر گئے۔ سامنے ایک نوجوان تھا۔ سر پر ہیٹ لگائے — پیٹھ پر بیگ لٹکائے — ایسا بیگ، جیسے عام طور پر کالج اسٹوڈنٹس رکھتے ہیں وہ پریشانی کے عالم میں ادھر اُدھر دیکھ رہا تھا— پھر اس کی طرف دیکھ کر جیسے ایک امید سی بندھی۔

وہ اشارہ کر رہا تھا— "یہاں پاس میں کوئی ہوٹل مل جائے گا۔ سستا سا۔ اگر مسلمان ہوٹل ہو تو... "

'مسلمان'... وہ چونک گیا تھا... 'میرا نام سلیم درگاہی ہے۔'

لڑکے کے چہرے پر ایک پل کو خوشی لہرائی... 'میں... اظہر کلیم... جوب کی تلاش میں ہوں... بس دو تین دن کے لیے... پھر یہاں سے غازی آباد چلا جاؤں گا۔ کوئی ہوٹل ہے آس پاس؟"

ایک بار پھر اس نے لڑکے کا بہ غور معائنہ کیا— لڑکے میں کوئی بھی بات ایسی نہیں تھی جو اسے بلا وجہ شک میں مبتلا کر سکتی ہو — اس نے اشارہ کیا... وہاں میرا فلیٹ ہے کرایے کا... تم چاہو تو رہ سکتے ہو۔

لڑکے کے چہرے پر تذبذب کے آثار تھے —'مجھے کچھ پرائیویسی چاہئے ... وہ سنبھل سنبھل کر بول رہا تھا۔ اکزام کی تیاری کرنی ہے۔ اس لیے ہوٹل... '

"ہوٹل کا کرایہ تم مجھے دے دینا... اس بار وہ کسی تاجر کی طرح مسکرایا تھا... دو کمرے ہیں میرے پاس — اطمینان رکھو... تمہارے کمرے میں کوئی تمہیں ڈسٹرب بھی نہیں کرے گا۔

نوجوان کچھ لمحے کسی گہری سوچ میں ڈوبا رہا۔ لیکن جلد ہی فیصلہ لے لینے کی طمانیت اس کے چہرے پر موجود تھی۔

چلو...

کمرے میں آنے کے بعد اس نے نووارد کو اس کا کمرہ دکھا دیا— کسی چیز کی ضرورت ہو تو بتا دینا۔ لائٹرین، باتھ روم کمبائن ہے۔ تم چاہو تو اپنا دروازہ بند کر سکتے ہو — کچن کی طرف بڑھتے ہوئے اس نے پوچھا تھا—

"میں چائے بنانے جا رہا ہوں۔ تم چائے پینا پسند کرو گے ؟"

"نہیں۔"

اس بار اس نے غور سے نووارد کو دیکھا۔ اس کے سر پر ایک گندی سی ہیٹ تھی۔ کپڑے بھی گندے ہو رہے تھے۔ اس نے آسمانی جینس اور سفید شرٹ پہن رکھی تھی۔ پاؤں میں ملٹری والے جوتے تھے۔ اپنے کمرے میں جاتے ہوئے اس نے اپنی بات پھر دوہرائی... "پلیز مجھے ڈسٹرب نہیں کرنا... مجھے کسی چیز کی ضرورت نہیں ہے... اس بیگ میں کھانے پینے کے سامان موجود ہیں... امید ہے تم مجھے آرام سے سونے دو گے۔'

نووارد نے دروازہ بند کر لیا تھا۔

عجیب آدمی ہے... اس نے ایک لمحے کو سوچا پھر خیال آیا کہ اسٹوڈنٹس لائف میں

سارے ایسے ہی ہوتے ہیں۔ نہ سمجھ میں آنے والے — اس نے چائے بنائی۔ اندر سے موبائل پر کسی سے بات کرنے کی آواز آرہی تھی۔ شاید وہ کسی سے بات کر رہا تھا۔

چائے پینے کے بعد اس نے اپنے کمرے کی لائٹ بجھا دی اور بستر پر سونے کے لیے لیٹ گیا— باہر کتّے زور زور سے بھونک رہے تھے جانے کتنی دیر تک وہ سوتا رہا۔ اچانک دروازہ کھلنے کی آواز سے وہ چونک گیا۔

رات کے دو بج گئے ہوں گے۔

سامنے اظہر کلیم تھا— دروازہ کھول کر اس نے لائٹ آن کر دی تھی۔

'سوری، تم جاگ رہے ہو... تمہیں ڈسٹرب کیا۔'

اس کے کندھے پر اب بھی بیگ لٹکا ہوا تھا— نیند نہیں آرہی ہے — نئی جگہ جلدی نیند نہیں آتی — میں ذرا باہر گھوم کر آتا ہوں۔ جلدی آجاؤں گا۔"

اس کی آنکھیں نیند سے بوجھل تھیں۔ کروٹ بدلتے ہوئے اس نے کہا— جلدی آجانا۔ مجھے صبح دفتر بھی جانا ہے۔

آسمان پر چاند روشن تھا۔ لیمپ پوسٹ کی روشنی میں وہ اسے تھوڑی دور تک جاتے ہوئے دیکھتا رہا— پھر دروازہ بند کیا۔ لیکن آنکھوں سے نیند اچٹ چکی تھی۔ کم بخت۔ بیگ بھی ساتھ لے کر گیا۔ مسلمان ہو کر مسلمان پر بھی ٹرسٹ کرنا نہیں جانتا۔ بیگ لے جانے کی کیا ضرورت تھی — لیکن اسے خوشی بھی تھی۔ کسی پر ٹرسٹ نہ کر کے شاید ایسے لوگ اپنے اندر کے ٹرسٹ کو زندہ رکھتے ہیں۔ یہی ان نوجوانوں کے پریکٹیکل ہونے اور آگے بڑھنے کا راز ہے۔

اس نے دوبارہ چائے بنائی۔ فریج میں رکھا ہوا باسی پزا کے کچھ ٹکڑے منہ کے حوالے کیا۔ دیر تک کمرے میں ٹہلتا رہا— چار بجے کے قریب وہ واپس آیا۔ دروازے پر

دستک دی۔ اس نے دروازہ کھولا — سوری کہہ کر وہ تیزی سے کمرے میں داخل ہو گیا۔ بستر پر لیٹنے سے پہلے اس نے فیصلہ کر لیا تھا — اس لڑکے سے اس کی نہیں بن سکتی۔ دوسرے دن وہ صاف کہہ دے گا... وہ اپنے لیے کسی ہوٹل کا بندوبست کر لے۔ آنکھیں بند کرنے سے پہلے اس نے جینی کے میسیج کو موبائل پر پڑھا — مس یو این لو یو — جلدی کوشش کرو کہ Miss you کہنے کی نوبت نہ آئے — تم پاس ہو گے تب بھی تمہیں MIss کروں گی۔ کیسے؟ یہ مت پوچھنا۔"

وہ زیر لب مسکرایا۔

دوسرے دن آٹھ بجے اس کی نیند ٹوٹی۔ ہڑبڑاہٹ میں اٹھا، تو تکیے کے پاس پانچ سو کے چار نوٹ اور ایک تحریر پڑی تھی — شکریہ... ہوٹل میں ہوتا تب بھی ایڈوانس تو دینا پڑتا — ابھی دو دن اور قیام رہے گا — آج سات بجے آؤں گا — پلیز شام مجھ سے پہلے پہنچ جانا۔

نوٹ ہاتھ میں لیتے ہوئے اس کے چہرے پر مسکراہٹ تھی۔ نوجوان کے اب یہاں رہنے پر اسے کوئی اعتراض نہیں تھا... وہ جب چاہے، جتنے دن چاہے یہاں رہ سکتا ہے۔

**

ایک بار پھر دماغ میں پٹاخے چھوٹ رہے تھے — عمران دوسرے کمرے میں سو گیا تھا۔ اس کے خرّاٹے گونج رہے تھے۔ وہ دہشت بھری اُن خبروں کی زد میں تھا — شاید بھارت تیزی سے کٹّر پنتھی اسلام کے لڑاکوں کے لیے سب سے محفوظ ملک بنتا جا رہا ہے۔ اسے یاد آیا۔ اینکر زور زور سے چیخ رہا تھا — اگر آپ آتنک کی زد میں ہیں تب بھی مذہب آپ کی کوئی مدد نہیں کرنے والا۔ کیونکہ آتنک وادی مذہب دیکھ کر گولیاں نہیں چلاتے — وہ اندر سے پسینے میں ڈوب چکا ہے۔ شام کے ۶ بجے سارے چینلس پر ہاٹ بریکنگ نیوز

—بھیڑ سے بھرے ریلوے اسٹیشن پر ۸ سے ۱۰ کلو آر ڈی ایکس سے بھرے دو تھیلے— اچانک فدائین حملے سے سارا شہر جیسے کسی گہرے صدمے میں ڈوب گیا۔ سیریل بم دھماکے— چینلس چیخ رہے ہیں— سرکار اور پولس کی لاپرواہی نے آتنک وادیوں کو اپنی مرضی سے حملہ کرنے کے لیے راستہ بنا دیا—وہ عمارت جس میں آتنک وادی چھپے تھے، کچھ گھنٹوں کی لگاتار فائرنگ کے بعد پولس آتنک وادیوں کو مار گرانے میں کامیاب ہوئی تھی۔

مگر وہ چہرہ—وہ واردات بھول چکا ہے۔ صرف وہ چہرہ یاد ہے۔ وہ چہرہ جو تین دنوں تک اس کے ساتھ رہا—پولس... فوجی کارروائی... آتنک واد— حکومت کے بیان۔ وہ کچھ بھی سوچنا نہیں چاہتا اس کے کانوں میں لگاتار یہی جملے گونج رہے ہیں... پولس تفتیش کر رہی ہے۔ حملہ کرنے سے پہلے آتنک وادیوں کے ٹھکانے کون کون تھے اور وہ کہاں کہاں ٹھہرے تھے؟

اس کی آنکھوں کی چمک بجھتی جا رہی ہے۔ وہ کانپ رہا ہے... بستر سے اٹھ کر اس نے چلنے کی کوشش کی— لیکن یہ کیا۔ سارے جسم میں لرزش طاری ہے—یقیناً وہ پکڑ لیا جائے گا۔ پولس کے ہاتھ کافی لمبے ہیں—وہ یعنی سلیم درگاہی—اس کے گھر پولس ریڈ کرے گی—بوڑھے ماں باپ... بھائی بہن... سب جیسے سنّاٹے میں آجائیں گے... پولس چارج شٹ لگائے گی... مالیگاؤں سے اعظم گڑھ تک کے تار جوڑنے کی کوشش ہو گی... کب سے جانتے تھے؟ تم کن لوگوں سے ملے ہوئے ہو؟ کس کے لیے کام کرتے ہو؟ پاکستان میں تمہارا آقا کون ہے؟ لشکر یا طالبان؟ یا اسلامی مجاہدین؟

اسے لگا جینی کے پاپا زور زور سے جینی سے کہہ رہے ہوں—میں کہتا نہ تھا—

مسلمان بھروسے مند نہیں ہوتے۔

اسے لگا، جینی نے شرمندگی سے سر جھکالیا ہے۔

نفرت کی ایک تیز آندھی آئی اور اسے بہا کرلے گئی۔ آگے بڑھ کر فرتج سے پانی کی بوتل نکالی۔ پانی کے دو چار قطرے ہی گلے تک جاسکے۔ بیسن کے پاس لگے آئینہ میں اپنا چہرہ دیکھا—ایک زرد، بیمار چہرہ اس کی آنکھوں کے سامنے تھا—رات ہی رات جس پر جھڑیوں کا جنگل اگ آیا تھا۔ وہ ایک بار پھر بستر پر دراز تھا—وہ معصوم چہرہ ایک بار پھر نگاہوں کے سامنے تھا۔ جینی نے اس دن اس کے گھر رکنے کی خواہش کا اظہار کئی بار کیا۔ لیکن وہ خوبصورتی سے ٹال گیا—جینی نے برا بھی مانا تھا—چھ بجے شام اس نے آفس چھوڑ دیا۔ اس کے پڑوس میں للی آنٹی رہتی ہیں۔ عمر چالیس کے قریب—ان کی دو پیاری سی بیٹیاں بھی ہیں۔ ایک پندرہ کی دوسری تیرہ—اس دن تیزی سے کمرے کی طرف آتے ہوئے للی آنٹی مل گئیں۔ پھول کی طرح کھلا ہوا چہرہ—کیا بات ہے۔ گرل فرینڈ کو بلایا ہے کیا...

نہیں۔ہاں... ،وہ گڑبڑا سا گیا—'

للی آنٹی زور سے قہقہہ مار کر ہنس پڑی۔ شرماتے کیوں ہو۔ اچھی بات ہے—جاتے ہوئے وہ ایک بار پھر پلٹ کر بولیں—تمہاری فرینڈ کل بھی آئی تھی کیا؟ آگے بڑھنے سے پہلے انہوں نے ایک بار پھر زور سے قہقہہ لگایا—یہ لڑکیوں کو زیادہ کو کافی مت پلایا کرو۔ ہاضمہ خراب ہو جاتا ہے"

آٹھ بجے اظہر کلیم دوبارہ آگیا تھا۔ آج اس کے چہرے پر تازگی تھی۔ کپڑے بھی صاف ستھرے تھے۔ لیکن سر پر وہی گندی سی ہیٹ موجود تھی۔ آج وہ خوش لگ رہا تھا۔

"چائے پلاؤ گے تو پی لوں گا—"

بیگ اندر رکھ کر وہ اس کے کمرے میں آگیا۔ صوفے پر بیٹھ گیا۔

"یہ کالی پٹّی کس لیے ہے؟"

'ماں کی نشانی ہے' ـــــ وہ آہستہ سے بولا۔

رسمی سی بات چیت کے بعد چائے پیتے ہوئے اس نے صرف اتنا کہا ـــ چائے اچھی بنا لیتے ہو۔ شاید میں کل کے دن اور رکوں ـــ پھر تمہیں تکلیف نہیں دوں گا۔

اکزام کیسا گیا؟

"اکزام آج نہیں تھا۔ ایک دن بعد ہے۔ صبح ہی نکل جاؤں گا ـــ اس نے ایک سانس میں چائے ختم کر کے میز پر رکھ دیا ـــ چائے کا بے حد شکریہ۔'

اس رات وہ کہیں نہیں گیا۔ لیکن شاید وہ سو نہیں سکا تھا۔ دیر رات تک اس کے بند کمرے سے کھٹر پٹر اور موبائل سے فون کرنے کی آواز آتی رہی۔ ممکن ہے کوئی گرل فرینڈ ہو۔ یا وہ اپنے گھر والوں سے باتیں کر رہا ہو۔ مگر اتنی رات گئے... اسے کیا... اسے تو ہوٹل کا کرایہ مل رہا ہے۔

دوسرے دن بھی اظہر کلیم سویرے ہی نکل گیا۔ ہاں، تکیہ کے پاس پانچ سو کے دو نوٹ پڑے تھے۔ لیکن کوئی تحریر نہیں تھی۔

دوسرے دن وہ جینی سے اس واقعہ کا ذکر کرنا چاہتا تھا۔ مگر اس نے جان بوجھ کر ایسا نہیں کیا ـــ پتہ نہیں جینی کیا سمجھے۔ ممکن ہے، وہ کہے کہ پیسوں کی ضرورت تھی تو اس سے کیوں نہیں لیا ـــ جینی نے اس دن بھی گھر چلنے کی پر زور فرمائش کی۔ لیکن اس نے ٹال دیا ـــ جینی کے چہرے پر شک کے بادل منڈلا رہے تھے۔

" کہیں ایسا تو نہیں ہے کہ تمہاری زندگی میں کوئی اور آگیا ہے... ؟" وہ اس کی آنکھوں میں آنکھیں ڈالے بول رہی تھی۔ اگر ایسا ہوا تو جانتے ہو کہ کیا ہو گا؟ اسے بھی

مار دوں گی اور تمہیں بھی۔ دوسرے ہی لمحے جینی محبت کی بارش میں شرابور تھی — "تمہیں تو مار بھی نہیں سکتی۔"

اس دن وہ سات بجے کمرے میں لوٹ آیا تھا۔ ڈنر تیار کیا — تھوڑا سا ڈنر اظہر کلیم کے لیے بھی رکھ چھوڑا کہ شاید اسے بھوک لگی ہو — دیر تک پرانی میگزینس پڑھتا رہا — پھر اس کے آنے کی امید چھوڑ دی — رات گیارہ بجے دروازے پر دستک ہوئی۔ اس نے دروازہ کھولا۔

"السلام علیکم۔ سوری آج دیر ہوگئی... دراصل"

اس نے محسوس کیا اظہر کلیم کے چہرے پر ایک خوفناک اداسی پسری ہوئی ہے — آنکھیں سوجی ہوئی — دن بھر کی تکان اور دوڑ دھوپ کا اثر اس کے چہرے سے صاف جھلک رہا تھا۔

'کھانا؟'

کھالیا —

'چائے بناؤں۔'

'نہیں ... ، کمرے میں جاتے ہوئے وہ ایک لمحے کو ٹھہرا — کل صبح ہوتے ہی چلا جاؤں گا۔'

اس رات اگر اس کا اندازہ غلط نہیں تو وہ جلدی سو گیا۔ ہاں، کچھ دیر تک موبائل سے، کسی سے بات کرنے کی آوازیں سنائی دیتی رہیں۔ مگر الفاظ صاف نہیں تھے — رات دو بجے ہوں گے کہ اچانک وہ بستر سے اٹھ گیا — کوئی رو رہا تھا — شاید وہی تھا۔ اس کے رونے کی دھیمی آواز وہ اس سناٹے میں بخوبی سن سکتا تھا — ایک بار خواہش ہوئی کہ وہ اس کا کمرہ نوک کرے — پھر اس نے اس ارادے کو ملتوی کر دیا — پھر جانے کب اس کی

آنکھ لگ گئی۔ صبح آٹھ بجے نیند ٹوٹی تو بستر پر ہزار کے تین نوٹ پڑے تھے۔ یعنی ہوٹل کے روم کے حساب سے۔ اس نے خود ہی ایک رات کے دو ہزار روپے طے کر لیے تھے — چھ ہزار روپے — برے نہیں تھے — اسی دن آفس سے پوسٹ آفس جاتے ہوئے اس نے پانچ ہزار روپے گھر منی آرڈر کر دیئے۔

ٹھیک اسی دن، شام چھ بجے یہ فدائین حملہ ہوا تھا۔ پہلے ریلوے اسٹیشن پھر پاس کے ایک بزنس سینٹر کو فدائین نے اپنا نشانہ بنایا — پولس کارروائی کے پانچ چھ گھنٹوں کے دوران تین فدائین مار گرائے گئے تھے — وہ اس چہرے کو دیکھ رہا تھا۔ بدن میں لرزش تھی اور شاید وہ یہی لمحہ تھا جب وہ 'کفکا' کے میٹامار فوسیس میں تبدیل ہو گیا تھا۔ اور شاید وہ آوارہ سڑکوں پر تیز تیز دوڑ رہا تھا۔

**

دوسرے دن آٹھ بجے عمران نے اسے جھنجھوڑ کر اٹھا دیا۔ کیا ارادے ہیں؟ آفس نہیں جانا کیا؟ نہیں جانا ہو تو یہ Key رکھ لو... میرے پاس ہے... کچھ کھانے کی خواہش ہو تو فرج سے نکال کر کھا لینا۔'

عمران کے جانے کے کچھ ہی دیر بعد جینی کا فون آیا تھا — کہاں ہو؟

عمران کے گھر رہنے کی بات سن کر وہ زور سے چیخی — "پاگل ہو گیا؟ وہاں کیوں رکے؟ اچھا کوئی بات نہیں۔ آفس ذرا جلدی پہنچ جاؤ۔"

اس کی آواز کمزور تھی — 'شاید میں آج آفس نہیں آ پاؤں۔'

اس نے فون کاٹ دیا۔ موبائل کو سائلنٹ پر کرنے کے بعد صوفے پر دھنس گیا — ایک بار ٹی وی آن کرنے کی خواہش ہوئی — پھر خوف کے احساس نے ایسا کرنے سے روک دیا — اسے یہ بھی احساس تھا، کہ وہ اپنے ساتھ عمران کو تو خطرے میں نہیں ڈال رہا

ہے۔ نہیں، اسے یہاں نہیں رہنا چاہئے — اس کے پکڑے جانے کے بعد پولس عمران سے بھی پوچھ تاچھ کر سکتی ہے...

دس بجے اس نے عمران کا کمرہ چھوڑ دیا۔ دماغ اب بھی سائیں سائیں کر رہا تھا — اسے یقین تھا کہ میڈیا اور پولس دونوں اپنی اپنی پہنچ کا استعمال کر رہے ہوں گے۔ وہ کسی وقت بھی پکڑا جا سکتا ہے۔ اور پکڑے جانے کے بعد — سر چکرا رہا تھا — ذہن سوچنے، سمجھنے کی صلاحیت سے معذور ہو چکا تھا۔ بے دلی سے وہ اپنے گھر کی طرف نکل پڑا — یہ دیکھنے کے لیے کہ پولس کے کتّے کہیں اس کے بو تو نہیں سونگھتے پھر رہے ہیں — گھر کے قریب آکر وہ ٹھہر گیا۔ گومتی کے پاس والی دکان پر کچھ لوگ کھڑے تھے۔ گھر کے آگے ایک پولس والا تھا۔ وہ ایک کھمبے کی اوٹ میں ہو گیا — پولس والا کسی سے کچھ دریافت کر رہا تھا۔ پھر وہ اپنے اسکوٹر پر بیٹھا اور روانہ ہو گیا — اس کے بدن میں خون کا دوران تیز تھا — یہ آسانی سے سمجھا جا سکتا تھا کہ اب وہ پولس تفتیش کا ایک حصہ بن چکا ہے۔ اور شاید کچھ ہی گھنٹوں میں...

سانس چلنے کی رفتار تیز تھی — جیسے چاروں طرف سے وہ سلگتے چلّاتے لفظوں کی زد میں تھا — کیمرے کے فلیش چمک رہے تھے۔ آنکھوں کے آگے سہمے سہمے سے گھر والوں کا چہرہ ناچ رہا تھا — یقیناً وہ پکڑا جائے گا — لیکن وہ کیا کرے — کیا وہ پولس کے پاس جائے؟ قریبی تھانے میں جا کر حلفیہ بیان لکھوائے؟ کیا پولس اس کی بات مان کر چھوڑ دے گی؟ ہزاروں طرح کی جرح — کارروائی، تھرڈ ڈگری کا استعمال، گھر والوں سے پوچھ تاچھ — جینی سے، آفس سے، بوس سے، عمران سے...

اسے لگا جیسے ایک بے حد کمزور لمحے اس نے اپنے مستقبل کا ایسا داؤں کھیلا ہے۔ جہاں صرف موت ہے — موت کے سرخ سرخ دائرے، اس کی آنکھوں کے آگے

پھیلتے جارہے ہیں۔

اب بہت دیر ہو چکی ہے۔

کیا وہ خودکشی کرلے؟ٹرین کے آگے آجائے؟نہر میں کود جائے۔ لیکن خودکشی کی وجہ... ؟پولس کیا یونہی تفتیش کو بند کردے گی؟اور خدانخواستہ تفتیش کے دوران اگر اظہر کلیم کو تین دن گھر ٹھہرانے کی بات کا پتہ چل جائے تو... کیا پولس اس کے ماں باپ کو چھوڑ دے گی؟ جینی کے باپ کا کہا گیا جملہ بار بار اس کے ذہن میں گونج رہا تھا... مسلمان بھروسے مند نہیں ہوتے۔

وہ دیر تک یونہی سڑک پر گشت کرتا رہا۔ بھوک پیاس سب اڑ چکی تھی —صرف آنکھوں کے آگے ٹھہری موت رہ گئی تھی —ایک بے رحم موت —وہ زندہ رہے یا مردہ، جیسے ایک بے رحم موت اس کا انتظار کر رہی ہے۔

نہیں معلوم وہ کتنی دیر تک سڑکوں پر یونہی آوارہ بھٹکتا رہا—پاؤں بوجھل تھے، سر میں چکر آرہے تھے۔ تھکا ہارا وہ ایک ڈھابے میں آگیا۔ مگر جیسے بہت ساری آنکھیں اس کے تعاقب میں تھیں —اس نے پیچھے پلٹ کر دیکھا۔ سامنے والا آدمی... اور وہ—پاس کے بینچ پر بیٹھا ہوا اخبار پڑھتا ہوا آدمی... شاید وہ اخبار سے نظر بچا کر بس اس کی طرف دیکھ رہا ہے... اندر جیسے تیر کی طرح ایک ٹھنڈ لہراتی چلی گئی۔

وہ ٹھہرا نہیں... تیزی سے باہر نکل آیا—احساس ہوا، اخبار کنارے رکھ کر وہ آدمی بھی تیزی کے ساتھ اس کے پیچھے نکل آیا ہے۔

وہ تیز تیز سڑکوں پر دوڑ رہا ہے۔ بے تحاشہ... پاگلوں کی طرح۔

دماغ میں چلنے والی آندھیاں تیز ہو گئیں ہیں —جن پتھ... کناٹ سرکس... پالیکا بازار —یونہی پاگلوں کی طرح... وہ لوگوں کے درمیان سے گزر رہا ہے۔ سجی ہوئی

دکانیں، شوپنگ کرتے لڑکے لڑکیاں — مگر جیسے سب پلٹ کر بس اسی کی طرف دیکھے جا رہے ہیں۔ یقیناً اب اس کا بچنا محال ہے۔ شاید وہ پہچان لیا گیا ہے — کچھ ہی دیر، کچھ ہی لمحوں میں سارا کھیل ختم — دماغ میں میزائل چھوٹ رہے ہیں۔

میٹرو اسٹیشن۔ وہ چپ چاپ ایک خالی بینچ پر بیٹھ گیا۔ رونے کی خواہش ہو رہی تھی۔ لیکن شاید آنکھوں کے آنسو بھی خشک ہو چکے تھے۔ جیب سے موبائل نکالا۔ ہاتھوں کی ہتھیلیاں سرد تھیں اور بے جان۔ جینی کے کتنے ہی مس کال تھے اور کتنے ہی میسج۔ آخری میسج پانچ بجے کے آس پاس بھیجا گیا تھا۔ اس نے ڈرتے ڈرتے پڑھنا شروع کیا۔ لکھا تھا— شام چھ بجے میں تمہارے گھر پہنچ رہی ہوں۔ تالا بند ملا تو تالہ توڑ دوں گی۔ اس لیے پلیز مجھے اپنے گھر پر ملو۔

اسے یقین تھا۔ جینی ایسا کر سکتی ہے۔

اور اب جینی سے ملنے کے سوا دوسرا کوئی راستہ نہیں تھا۔ پلیٹ فارم پر آہستہ آہستہ ٹرین کے رینگنے کی آواز سنائی دے رہی تھی...

**

ایک بے حد اداس، بوجھل اور ڈراؤنا دن — وہ اپنے گھر کے دروازے پر تھا۔ اور اچانک ایک بار پھر چونک گیا تھا۔ وہی صبح والا پولس کا آدمی... وہ شاید اس کے گھر سے ہی باہر نکلا ہو گا۔ اسکوٹر پر بیٹھتے ہوئے اس نے ادھر اُدھر دیکھا۔ پھر اسکوٹر اسٹارٹ کیا اور روانہ ہو گیا—

دل میں دھک کا اضافہ ہو چکا تھا... چند لمحے وہ ساکت و جامد وہیں کھڑا رہا— شاید آنے والے بے رحم وقت سے مقابلے کے لیے خود کو تیار کر رہا تھا۔ لیکن کیا ایسا کرنا آسان تھا؟ گھر کی طرف بڑھتے ہوئے للی آنٹی ایک بار پھر ٹکرا گئی تھی۔

'ارے سنو... '

اس نے جبراً مسکرانے کی کوشش کی۔ مگر اسے احساس تھا، مسکراہٹ کی جگہ کفکا کے اسی کیڑے نے لے لی ہو، جو دھیرے دھیرے اس کے وجود پر حاوی ہو گیا تھا۔

'تمہاری دوست آئی ہے۔ اچھی ہے... ' للی آنٹی مسکرا رہی تھیں۔ ایک Key اسے کیوں نہیں دے دیتے... وہ تو اچھا ہوا بیچاری میرے پاس آگئی۔ تالہ کھل گیا۔ جاؤ انتظار کر رہی ہے تمہارا۔

جاتے ہوئے پلٹ کر ایک بار پھر للی آنٹی دھماکہ کر گئی تھیں... دو دن پہلے کون آیا تھا؟ آج کل کچھ زیادہ ہی کافی پینے لگے ہو... '

ہنسنے کی آواز دماغ میں گرجنے والے میزائل کی آواز سے دب گئی تھی۔

آگے بڑھ کر اس نے اپنے گھر کی بیل پر انگلی رکھ دی۔

دروازہ کھلنے اور اندر داخل ہونے تک احساس ہوا، جینی کی آنکھیں اس کے سارے جسم کو ٹٹول رہی ہوں۔

'اچھا سنو۔ وہ پولس والا آیا تھا۔ صبح بھی آیا تھا۔ تم نے پاسپورٹ کے لیے اپلائی کیا تھا... کیا شکل بنالی ہے... جینی نے دھیرے سے اس کے ہاتھوں کو چھوا... چلو... ہاتھ منہ دھولو۔ ایسے لگ رہے ہو جیسے... ان دھماکوں میں تمہارا بھی ہاتھ ہو۔'

وہ زور سے چیخی — 'کیا کرتے رہے سارے دن۔'

اس نے ایک نظر کمرے پر ڈالی۔ جینی نے گھر کی صفائی کر دی تھی۔ ہاتھ منہ دھونے کے بعد وہ ڈرائنگ ٹیبل والی چیئر پر بیٹھ گیا۔ ذہن اب بھی سائیں سائیں کر رہا تھا... زور زور سے چیخنے کی خواہش ہو رہی تھی۔ اچانک وہ چونک گیا۔ جینی قریب تھی۔ اس کے سر کے بالوں کو سہلاتی ہوئی...

'کیوں ہو جاتے ہو ایسے... کبھی کبھی میں سچ مچ ڈر جاتی ہوں تم سے... جیسے یہ ملک میرا ہے۔ ویسے تمہارا بھی ہے۔ اور اس بات کو مجھ سے کہیں بہتر تم جانتے ہو۔ جانتے ہو نا ... ؟ وہ قریب آگئی — بالکل اس کے سانسوں کے قریب۔ ہاتھوں کو اپنے ہاتھ میں لیا... "ایسی وارداتیں ہوتی ہیں۔ ہمیں بھی برا لگتا ہے مگر ہم... تمہاری طرح تو نہیں ہو جاتے؟ میں جانتی ہوں تم بھیانک طریقے سے ڈر گئے ہو۔ مگر کیوں؟ انہیں اپنا ہم نام یا ہم مذہب مانتے ہی کیوں ہو؟ وہ ایک آتنک وادی ہیں بس۔'

اس کی آنکھیں پیار سے اس کی طرف دیکھ رہی تھیں — سنو ایک گفٹ ہے تمہارے لیے — گھر کی صفائی کرتے ہوئے ایک چیز ملی ہے مجھے... شیطان کہیں کے... مجھے بتایا کیوں نہیں۔ چلو... میں بتا دیتی ہوں... پہلے آنکھیں بند کرو۔

جینی ایک لمحے کو اٹھی۔ اندر کمرے کی طرف بھاگی۔ پھر دوسرے ہی لمحے واپس آگئی — آنکھ بند پلیز...

اس نے آنکھیں بند کرلیں۔

جینی نے اس کے سر پر کچھ رکھا۔ پھر مسکراتے ہوئے بولی۔ اب آئینے میں خود کو دیکھو۔ اس نے چونک کر خود کو آئینے میں دیکھا — یہ وہی گندا سا ہیٹ تھا — اسے، اس چہرے پر حیرت تھی — بار بار آنکھوں کے آگے منڈراتے چہرے کے باوجود اسے لگ رہا تھا... کچھ چھوٹ رہا ہے۔ تو وہ یہ ہیٹ چھوڑ گیا تھا —

جینی ہنس رہی تھی...

وہ غور سے آئینے میں خود کو پہچاننے کی کوشش کر رہا تھا۔

***

من وتو کا ایک فسانہ۔۔۔

حالانکہ اس پورے سلسلۂ واقعہ کو جسے آپ ابھی اس کہانی کے ذریعہ جانے کی کوشش کریں گے کسی ناقابل یقین یا ڈرامائی صورتحال سے جوڑ کر دیکھنا مناسب نہیں ہے، لیکن شاید کچھ سچ بڑے عجیب اور چونکانے والے ہوتے ہیں۔ پتہ نہیں، زندگی میں آپ کو کسی ایسی صورت حال کا سامنا کرنا پڑا ہے یا نہیں، جب زبان گنگ ہو جاتی ہے اور مکالموں کی جگہ صرف گہری خاموشی، دستک یا آہٹیں رہ جاتی ہیں۔ جو اچانک ہی سناٹے میں آپ کو چھو کر کہتی ہیں۔۔۔۔ 'کوئی ہے—'

بس ایسے ہی ایک نادر یا کمیاب لمحہ اچانک اس کہانی کا جنم ہو گیا۔

**

ماحول خاموش اور بے جان تھا۔ یقین کے ساتھ کہا جا سکتا ہے کہ ایسے خاموش اور بے جان ماحول میں آپ دشینت کی طرح پتھر اچھال کر کوئی ہلچل یا کسی جراءت کی امید نہیں کر سکتے۔ اس وقت سب کچھ توقع کے مطابق تھا۔ یعنی جیسا شانتنو نے سوچا تھا۔ چمکتے لیکن ٹھنڈے اداس سورج کے ساتھ کا ایک دن — موسم خزاں کی ایک بوجھل صبح اور گارڈن میں لگے 'سنے'، گل بہری اور 'ٹیلی' کے بے رس پھولوں کی قطار' جسے کچھ دن پہلے ہی وہ اپنے 'ایلیسیشئن فری' پبلشر سے لے کر آیا تھا۔ اس میں کہیں کوئی چونکنے جیسی یا قابل اعتراض بات نہیں ہے۔ برنارڈ شاہ کی طرح اگر آپ مرد کے وقار اور "سپر مین" ہونے کی خواہش کو دلائل سے بیان کرتے رہے ہوں تو ممکن ہے اس "ایلیسیشئن فری"

کی تمثیل سے آپ کو انسان ہونے کے عظیم خطاب کے ساتھ تھوڑی سی چوٹ پہنچے۔ اس لیے تھوڑی سی معافی کے ساتھ، کہ شانتنو کے لیے وہ فرنگی پبلشر اس سے زیادہ داد پانے کا مستحق نہیں تھا۔ "ہوس ہے دوراہے پر" کی غیر متوقع کامیابی کے بعد شانتنو کے پاس آئے اسی فرنگی پبلشر نے کچھ اداسی، کچھ گہری تکلیف سے گذرتے ہوئے کہا تھا—

'معاف کیجئے گا، آپ سے ملاقات کے لیے ایک بے حد افسوسناک دن کا شگون نکلوانا پڑا'

'بے حد افسوسناک دن'۔۔۔؟

'آج میں نے اپنا پرانا وفادار ایلیسیشئن بیچ دیا، مگر نقصان میں نہیں رہا شانتنو—'

کتابوں کی سیل کی طرح اس کی تھرکتی انگلیوں پر ایلیسیشئن ڈاگ کا پورا حساب موجود تھا —اس کا ایک الگ کمرہ —کمرہ میں اس کی سجاوٹ میں اتنے روپے لگے۔ کھانے میں اتنے۔ اس میں وفاداری اور پیار کی کہیں کوئی تفصیل نہیں تھی۔ اس طرح قاعدہ سے دیکھیں تو فرنگی پبلشر (جو تھا تو ہندوستانی، مگر انگریزی کتابوں کا پبلشر ہونے اور اس کے رہن سہن کا خیال کرتے ہوئے شانتنو کو یہی نام مناسب لگا) کے لیے ایلیسیشئن کو بیچنا کہیں سے بھی گھاٹے کا سودا نہیں تھا۔ اور اسی کے مطابق کولکتہ میں رہنے والی مارگریٹ ایلیا کو اس کی شائع شدہ تمام کتابوں میں یہ ڈاگ اتنا پیارا لگا کہ وہ اسے ہر قیمت پر خریدنے کے لیے تیار ہوگئی۔ اس طرح ایک فیصد جذبات اور ننانوے فیصد خالص تجارتی سطح پر ایلیسیشئن کا سودا ہوا—اور مس مارگریٹ اپنے تھل تھل سینے سے ایلیسیشئن کو چپکائے کچھ دیر تک اس سے اپنا پن کا احساس کرتی رہی، پھر اسے لے کر سیدھے فلائٹ سے فرّ۔۔۔ ہوگئی—مہاشویتا کے دیس یا 'نذرل' کے گاؤں—تو قصہ کوتاہ، ذکر آیا تھا، 'سنے' گل بہری اور ٹیلی کے بے رس پھولوں کا—تو یہ وہی ایلیسیشئن فری پبلشر تھا جو اس کے

لیے خاص طور پر لایا تھا اور بدلے میں شانتنو نے اس سے جو چند سوالات کئے، وہ کچھ اس طرح ہیں۔

---یہ پھول کہاں ہوتے ہیں؟

شیشے کا ایک گلاس زمین پر گرا تھا—ریسپشن گرل سے لیکر عالمی سیاست کے منظر نامے پر مرنے والوں کی تعداد شمار کرنے والے ان دونوجوان فلسفیوں نے بھی اس سمت دیکھنے کی جرأت کی تھی—وہ ایک لڑکی تھی— نہیں عورت—بال چھوٹے—چہرہ گورا چٹا—بدن نشے سے بھرپور—جیسے چیختے ہوئے اسٹوو کے شعلے ہوتے ہیں—عمر نے جیسے سمندر کے طوفاں کو، کسی معجزہ کی طرح روک رکھا ہو---۔ عورت کے چہرہ پر غصہ صاف جھلک رہا تھا۔ دیسائی یعنی وہ فرنگی پبلشر کچھ کہنے کی کوشش میں میمنے جیسا معصوم یا پھر چیتے جیسا شاطر لگ رہا تھا۔ عورت کے ہاتھ میں کوئی کاغذ تھا، جسے دکھا کر وہ زور زور سے کچھ کہہ رہی تھی۔

شانتنو اپنی پرانی کتاب لینے کا بہانہ بنا کر شیشے کے کیبن سے باہر نکل آیا۔

عورت خوبصورت تھی—غصے میں ابلتے چہرہ سے اس کی جوانی کے پیڑ پر کتنے ہی گلاب مہک اٹھے تھے۔ ان کی خوشبو سے انجان شاید وہ اپنے دلائل کو واضح کرنے میں لگی تھی۔ اس کے حملے دھماکہ خیز تھے۔

'نہیں، آپ کو یہ نہیں کرنا چاہئے تھا، کم سے کم ایک مرتے ہوئے آدمی کے ساتھ تو بالکل نہیں۔'

'دیکھئے۔ ہم نے ایسا کچھ نہیں کیا---۔ آپ---۔ آرام سے۔ بیٹھ کر بھی باتیں کر سکتی ہیں۔' دیسائی بچنے کے لیے الفاظ تلاش کر رہا تھا۔

نہیں: بالکل نہیں—اور آرام سے۔ آپ کہہ رہے ہیں---۔ آرام سے بیٹھنے کے

لیے — آپ جانتے ہیں، آرام کیا ہوتا ہے۔ ساری زندگی اپنے آرام کو ترک کر کے اور قربان کرنے کے بعد ایک عام آدمی شمل شرما بنتا ہے، آپ جانتے ہیں شمل شرما بننا کر کیا ہوتا ہے۔'

'وہ ہمارے لیے احترام اور عظمت کی علامت ہیں۔'

'آہ۔ علامت ہیں نہیں تھے — آپ نے بنایا اُنہیں تاریخ — وہ اسپتال کے بستر پر تھے، بیمار تھے۔ اور آپ کیا کر رہے تھے؟ شمل شرما کے لیے — آپ اپنی جیبیں بھر رہے تھے — اپنے مکان بنا رہے تھے — اپنا بینک اکاؤنٹ بڑھا رہے تھے۔ مگر کس کے پیسے سے۔ شمل کے پیسے سے، آپ شمل جیسے شریف لوگوں کا استحصال کرنے والے ہیں۔ آپ اپنی کمینگی سے ان کی شرافت کی چادر تار تار کرتے ہیں — عورت کا چہرہ سرخ ہو رہا تھا — میں سمجھاتی تھی شمل کو — ناشر بدل دو — لیکن وہ اپنی عظمت کے پیروں کے نشان دیکھنے میں الجھا ہوا تھا — یا پھر عظیم خیالوں کو تاریخ بنتے دیکھنے کی، ایک عجیب سی بچوں والی خواہش کی پرورش کر رہا تھا۔ لیکن کیا اتنے سے سارا مسئلہ حل ہو جاتا ہے۔ تہذیبی وراثت سے پیدا ہونے والی قیمت — اقدار کا ٹکراؤ اور دخل اندازی کی تحریر — یہی نام دیا تھا نا، اس کے نقادوں نے اُس کے زندگی بھر لکھے ادب کو سمجھنے — سب بکواس۔ شمل نے دخل اندازی کا ادب لکھا ہوتا تو اپنی تحریروں کے لیے بھی آپ کے ساتھ بھی دخل اندازی کرتا یا پیسے مانگتا۔ مگر اب — یاد رکھئے، شمل نہیں ہے — اور میں آپ کو چھوڑوں گی نہیں —'

اس نے لمحہ بھر کو فرنگی پبلشر کی آنکھوں میں اس کٹے بکرے کو دیکھ لیا تھا، جس کے بدن سے قصائی چمڑا ہٹانے کی کوشش کر رہا تھا — بیچارہ دیسائی — شانتنو نے پہلے ہی باہر نکلنے کی تیاری کر لی تھی۔ وہ نہیں جانتا تھا، یہ کیا تھا یا اُسے ایسا کرنے کا حق ہی کیا تھا۔ یا پھر

سگھن چکرورتی کے الفاظ میں، آپ سماج یا واسطوں کی پرواہ ہی کیوں کرتے ہیں۔ آپ جو بیچ رہے ہیں، سو بیچتے رہیے — اس کے خریدار بہت ہیں۔ باقی اصول یا اقدار کی تلاش یا اصولوں کی ایجاد کی آپ کو ضرورت نہیں ہے۔ مگر — عورت کی خوبصورتی یا گفتگو کی کشش کچھ اتنی زیادہ تھی کہ وہ باہر نکل آیا تھا — اور کچھ ہی لمحوں بعد غصے سے لال پیلی وہ عورت باہر نکل کر اپنی چھوٹی زین کی طرف بڑھتی دکھائی دی۔ وہ اسٹائلش جینس اور ریڈ ٹی شرٹ میں تھی۔ گاڑی کی طرف بڑھتے ہوئے اس نے شانتنو کی طرف پل بھر کو دیکھا اور یہی مناسب وقت تھا جب شانتنو نے اس سے براہ راست گفتگو کے لیے خود کو تیار محسوس کیا۔

'آپ ایک منٹ مجھے دے سکتی ہیں؟'

'کیوں؟ عورت کی بھنویں تن گئی تھیں۔ آپ ریسپشن پر کھڑے ہماری باتیں سن رہے تھے۔'

'وہاں —'

'اس سے کیا ہوتا ہے، مجھے آپ میں کوئی دلچسپی نہیں ہے —'

ہوا کے جھونکے کی طرح زین کے گذر جانے کے بعد بھی عورت کے الفاظ شانتنو کے کانوں سے ٹکرا رہے تھے — 'اس سے کیا ہوتا ہے، مجھے آپ میں کوئی دلچسپی نہیں ہے ' — شانتنو سنجیدگی سے مسکرایا۔ پہلی ملاقات میں وہ اس سے زیادہ بات چیت کے بارے میں سوچ بھی نہیں سکتا تھا۔ لیکن دل کہہ رہا تھا، دوسری ملاقات بہت جلد ہونے والی ہے۔

**

اور یہ کوئی اتفاق نہیں تھا۔ نہ ہی ماحول خاموش اور بے جان تھا۔ رات کی طلسمی چادر

دور تک بچھی ہوئی تھی اور اس طلسمی چادر میں بے شمار ستارے، ٹمٹماتے ہوئے یہ اعتماد پیدا کرنے کی کوشش میں لگے تھے کہ دشنیت کی طرح پتھر اچھال کر ہلچل پیدا کرنے کی کوئی ضرورت نہیں ہے۔ 45 سالہ شانتنو کے لیے اکیلے رہنا خوبصورت زندگی کا جیسے حصہ بن چکا تھا۔ لڑکیاں اس کے لیے ترغیب سے زیادہ ایک سیکس تھیں، جو اسے ایسی دلکش راتوں میں لبھاتی یا پھر بستر پر مینکا، اروشی اور گندھاری بن جاتیں، مگر مندرا—

ٹمٹماتے ستارے کبھی سانپ، کبھی کنواں، کبھی مچھلی بن جاتے، اور ہر شکل میں وہ مندیرا کے بہتے جسم کے آبشار کا نغمہ سن رہا تھا۔ مندیرا جیسے ستاروں کی گواہی میں دیکھتے ہی دیکھتے کسی بیش قیمتی فن پارے میں بدل گئی اور کہنا چاہئے، شانتنو اس وقت اپنے فن کی دلیل پر قائم تھا— کیا فن ایک تصور بھر ہے؟ صرف میوزیم میں رکھے جانے یا جگہ پانے بھر کے لیے—؟ کیا مندیرا ابھی محض ایک بھرم ہے۔ صرف ایک بوڑھے وجود کے لیے محدود....

آسمان پر ٹمٹماتے ستاروں کا کارواں دھیرے دھیرے بڑھ رہا تھا—اور اب یہ تو تارے کسی عظیم فنکار کے فن پارے میں بدل گئے تھے—اور اس فن پارے میں مندیرا آگئی تھی۔ 'میں کنواں نہیں ہوں—سانپ بھی نہیں— مچھلی بھی نہیں۔ میں تو پوری پوری غزل ہوں۔ کیوں نہیں پڑھتے ہو تم—'

شانتنو کو یاد آیا—اس دن دوبارہ دھول اڑاتی زین کے نظروں سے غائب ہوتے دیکھنے کے بعد وہ دوبارہ اس شیشے کے کیبن میں لوٹ آیا تھا۔ دیسائی اس کا منتظر تھا۔

'کہاں گئے تھے، آپ—'

'باہر، سگریٹ کا کش لینے—'

'اچھا ہی کیا—' دیسائی ہاتھ میں چیک بک لیے نیچی نگاہ کئے کسی سوچ میں گرفتار تھا

—آنکھوں کے پاس چشمے کی کمانی بار بار کھسک رہی تھی۔

'ایلیسیشئن بیچ کر اچھا نہیں کیا آپ نے—'شانتنو کہتے کہتے ٹھہرا۔

'ہا—ہا—' دیسائی ہنسا— تمہیں یاد ہے—

'تمہیں یاد آتی ہے یا نہیں اس ایلیسیشئن کی—؟

'کیوں نہیں۔ کتنا لمبا ساتھ تھا۔'

'ایلیسیشئن کی یاد آتی ہے لیکن ایک بیمار قلمکار کو جو ہاسپٹل کے بیڈ پر پڑا تھا، بھول گئے اسے—

دیسائی تڑپ کر ہنسا—تو تم نے ہماری باتیں سن لی'

'سننی پڑی—ویسے کون تھی یہ لڑکی—'

'لڑکی نہیں، عورت کہو—مندیرا ہے— نظمیں لکھتی ہے—پینٹنگ کرتی ہے، شمل کی تخلیقات میں بہہ گئی۔

"اور دونوں نے شادی کر لی۔"

'ہاں، عمر بھی نہیں دیکھی—شمل اور اس کی عمر میں آدھے سے بھی زیادہ کا فرق تھا—'

شانتنو کہتے کہتے ٹھہر گیا کہ پیار عمر کہاں دیکھتا ہے—مگر محبت کی یہ باتیں فرنگی پبلشر سے اس وقت کرنے کی، اس کی کوئی خواہش نہیں تھی—اس نے پیار کو زیادہ نہیں جانا تھا، لیکن شانتنو پیار کو حدود میں بند دیکھنے کے خلاف تھا۔۔۔ پیار تو تیز بہتی ندی ہے اور اس بہتی ندی کو نہ تو باندھا جا سکتا ہے اور نہ ہی جوش میں بہتی اس ندی پر کوئی پل ہی بنایا جا سکتا ہے—اس نے پیار کو 'ادبی حدود' سے پرے ہی رکھا تھا۔ اس کے لیے پیار روح سے زیادہ ایک جسمانی خوبصورتی تھا اور اس خوبصورتی کی مخالفت کرنے والوں کے ساتھ وہ

دھڑلے سے بھڑ سکتا تھا، خواہ وہ اس کا فرنگی پبلشر ہی کیوں نہ ہو۔

دیسائی ٹھہاکا لگا رہا تھا — یہ رائلٹی کا چکر بھی۔۔۔ سب شانتنو تو نہیں ہوتے —' شانتنو کو لگا دیسائی کا پورا بدن ایک کتے کی دم میں تبدیل ہو گیا ہو۔

'کیوں —'

'کیوں کہ مجھ سے زیادہ آپ جانتے یا سمجھتے ہیں — دیسائی سنجیدہ ہو رہا تھا — اس کا رنگ گورا تھا۔ آنکھوں پر کالا چشمہ — کچھ سوچنے کی کوشش میں اس کا چہرہ نیولے کے چہرہ میں بدل جاتا تھا۔ وہ ہنس رہا تھا — شانتنو، آپ بھی نا — اب بتایئے، کیا پڑی تھی مجھے ادب کا روگ پالنے کی۔ سب۔۔۔ سالے —' وہ ایک پل کو ٹھہرا۔ اپنے آپ کو شیکسپیئر، اروندھتی یا کرن دیسائی سمجھتے ہیں — سمجھتے ہیں کہ نہیں — وہ اپنے پورے پھوہڑ پن کے ساتھ ہنس رہا تھا — وہ سمجھتے ہیں کہ آسمان میں شگاف ڈال سکتے ہیں۔ وہ سمجھتے ہیں جیسے سڑک پر نکل جائے تو ہر شخص انہیں امیتابھ بچن یا شاہ رخ خان کی طرح جانتا ہے — جیسے باہر نکلے تو سب انہیں گھیر لیں گے — دیسائی ہنس رہا تھا — آٹو گراف — پلیز آٹو گراف — سن آف بچ — کتنی عجیب بات ہے — یہ جن کے لیے لکھتے ہیں وہی نہیں پڑھتے۔ اور یہ سمجھتے ہیں کہ ہر گھر میں ان کے قاری موجود ہیں، گلی کے کتے تک ان کے ادب کو چاٹ رہے ہیں — کتنا بکتے ہیں — کون خریدتا ہے — اس نے لمبی ناک والے شمل کی ایک کتاب کھینچی — دیکھئے پہلا ایڈیشن پانچ سو ہے — ہے کہ نہیں؟ اب پانچ سو کتاب چھاپنے میں کتنی لاگت آتی ہے یہ آپ سے زیادہ کون جانے گا — سرکاری گوداموں کو آسرا نہ ہوتا تو یہ بھی نہیں بکتی — اور مندیرا سوچتی ہے — بس شمل سے ہم کروڑوں کما رہے ہیں — محل بنا رہے ہیں۔ کوٹھیاں کھڑی کر رہے ہیں، دراصل —'

دیسائی پھسپھسا رہا تھا — فریسٹریٹڈ عورت — ایک وقت آتا ہے، جب ایسی عورتیں

ایک بڑے نام کو ادب کی گٹھلی کی طرح چوستے ہوئے اگل دیتی ہیں اور صرف پیڑ گننا چاہتی ہیں — پیسوں کے پیڑ — مگر کتنے پیسوں کا پیڑ بھائی — آپ سمجھ رہے ہیں ناشانتنو۔

اور یہیں دھوکہ کھا گیا تھا دیسائی۔ شانتنو شاید اس صورت حال میں اس کا سارا غصہ ہضم کر لیتا مگر دیسائی نے جس غیر مہذب انداز میں مندیرا کا نام لیا تھا وہ اسے گوارا نہیں تھا — پسند اور ناپسند کی بھی اپنی اپنی نفسیات ہوتی ہے۔ شانتنو کے چہرے پر شکن تھی، اس نے دھیرے سے دیسائی کو روکا —

'بلڈ پریشر چیک کرایا ہے؟'

'کیوں؟'

'چیک کرا لو دیسائی۔' شانتنو کے الفاظ برف ہو رہے تھے — تم کو یاد ہے دیسائی۔ میری پہلی کتاب —

'وہ — سیکس اور لائف —'

'ہاں، اسی کے بارے میں پوچھ رہا تھا — یاد ہے پہلا ایڈیشن کتنا چھپا تھا — لاکھوں میں — اس کے بعد بھی ہر سال نئے ایڈیشن نکالنے پڑے۔

'وہی تو — کافی دیر سے ہاتھ میں تھامی ہوئی چیک بک نکال کر دیسائی نے سامنے رکھی — یہ اس سال کی رائیلٹی کی رقم ہے۔ پسند کرو تو سارے باؤچر آپ دیکھ سکتے ہیں۔ آپ بکتے ہیں۔ اس لیے آپ کو رائیلٹی کی بھاری رقم دیتے ہوئے بھی مزا آتا ہے۔ مگر یہ ادیب —' دیسائی کی بھنویں تن گئی تھیں — برا ہو نمیشا دیش پانڈے کا۔ جو اپنا یہ پبلشینگ ہاؤس مجھے سونپ گئی۔ ہم اچھے بھلے انگریزی بچوں کی کتابیں، جنسی مواد پر مشتمل کتابیں چھاپ رہے تھے۔ یار دوستوں کے سمجھانے میں آ گئے کہ ادب بھی چھاپو۔ پیسہ تو ہے ہی، نام بھی ہے۔ بڑے لوگوں کے درشن ہوں گے' مگر — نام بڑے درشن چھوٹے۔ وہ ایک

بار پھر نفرت سے منہ سکوڑ رہا تھا۔ سب خود کو وکرم سیٹھ اور ارون دھتی رائے سمجھتے ہیں۔ ارے اتنا بک کر بھی تو دکھاؤ— "

سامنے پڑی ڈائری میں مندیرا اور اس کا فون نمبر چمک رہا تھا۔ شانتنو نے اس بات چیت کو یہیں روکا —ڈائری اٹھائی — نمبر ایک لمحہ کو یاد کیا، اپنا موبائل نکالا اور سیو کر لیا — کس ارادے سے — شاید اسے خود پتہ نہیں تھا۔ اس نے واؤچر چیک کرنے کی ضرورت نہیں سمجھی، چیک لیا اور گھر کی طرف روانہ ہو گیا—

شانتنو کو لگا، ہوا تیز ہو گئی ہے بادلوں کا ایک کارواں آسمان پر منڈرایا— تارے چھپ گئے —اسے یاد آیا، گھر آ کر اس نے کئی بار مندیرا کو فون لگانے کی کوشش کی۔ لیکن ہر بار نمبر لگا کر وہ ایک گہری سوچ میں ڈوب جاتا۔ کیوں کروں؟ کیا کہوں گا؟ کیوں ملنا چاہتا ہوں، وہ بھی شمل جیسے معروف ادیب کی بیوی سے جو خود بھی ایک فنکار ہے، نظمیں لکھتی ہے —فون ایک بار پھر مل گیا۔ لمحہ بھر کو اخلاقیات نے خوشبو کا لباس پہنا۔ ایک عجیب سی ہلچل شانتنو کے پورے بدن میں ہو رہی تھی۔ انگریزی میں کچھ غصہ بھرے لفظوں میں پوچھا گیا تھا—

ہو آر یو—

'یہ میں ہوں شانتنو—رائل کنگ پبلشر کے دفتر کے باہر سے '

'باہر—'وہ پل بھر کو سوچ میں ڈوب گئی —مجھے کچھ یاد نہیں آ رہا ہے۔'

'آپ شمل کی کتابوں کی رائیلٹی کے لیے— '

'اوہ، میں نے کہا تھا نا، میری آپ میں— '

'انٹرسٹ نہیں ہے—'شانتنو کھکھلایا—لیکن دوسرا تو انٹرسٹ لے سکتا ہے نا۔ میرا مطلب ہے، ادب میں —آپ اور شمل کے ادب میں —'شانتنو نے دھیرے سے کہا—

ملنا چاہتا تھا آپ سے، انکار مت کیجئے گا۔

'کل صبح گیارہ بجے آجایئے۔ فون رکھا گیا۔

قصہ کوتاہ، شمل کے گھر کا پتہ معلوم کرنے میں شانتنو کو دشواری نہیں ہوتی اور جان بوجھ کر یہ پتہ اس نے دیسائی سے نہیں مانگا تھا۔

جو کچھ ہوا، وہ کسی گہرے دھند سے گذرنے جیسا تھا، اور وہ بھی شانتنو جیسے شخص کے لیے جس کی پیدائش ہی ایک تجارت پیشہ خاندان میں ہوئی تھی۔ جہاں زندگی کے لیے جدوجہد کرنے کی کوئی ضرورت نہیں تھی — اور نہ ہی کسی فن کے 'گذرنے' کے لیے کوئی کھلا روشن دان ہی تھا — وہاں سب کچھ پیسہ تھا۔ صبح سے شام تک پیسے گننے والے خاندان میں کب پاکٹ بکس یا رومانٹک ناول پڑھنے کی عادت پڑھ گئی، وہ خود بھی نہیں جانتا تھا۔ شانتنو کے لیے ایسے رومانٹک ناولوں کی اپنی دنیا تھی اور یہ دنیا تنہائی میں، رات میں چپکے سے اس کے سامنے پھیلتی چلی جاتی۔ جوانی کی دہلیز تک پہنچتے وہ پیسوں سے سپنوں کی رومانٹک دنیا تک کا سفر کر چکا تھا۔ اسی درمیان اس نے دو ایک ناول لکھ ڈالے۔ ناول کی ہیروئنیں عام طور پر وہی ہوتیں جو اس کی زندگی میں آئی ہوتیں یا پھر جو تنہائی یا سپنوں کے سفر میں اس کے ساتھ ہوتیں۔ شروع میں، گھر میں اس کے لکھنے کی مخالفت تو ہوئی لیکن بزنس مین باپ نے ایک بات اس کے دل و دماغ میں بٹھا دی کہ لکھنے سے اگر بزنس جیسا مالی فائدہ ہوتا ہے تو لکھو، ورنہ بزنس سنبھالو۔ ابتداء میں لکھے گئے ناول تو نہیں چلے لیکن دلی اور میرٹھ کے بازار میں اسے جلدی ہی کامیابی مل گئی اور پھر تو راجہ بکتا ہے جیسے ناول نے دیکھتے ہی دیکھتے اسے اسے کتاب منڈی یا پاکٹ بکس کی دنیا کا شہنشاہ بنا دیا — جلدی ہی اس پر فلم بنانے کا عمل بھی شروع ہو گیا اور شانتنو کا یہ 'ادبی سفر' اس کے باپ کے بزنس سے بھی بڑا ایک پڑاؤ ثابت ہوا۔ پھر شانتنو نے پیچھے مڑ کر نہیں دیکھا۔ کئی پبلشر

بدلے — پاکٹ بکس کتابوں سے الگ کے دعوت نامے بھی اس کے پاس آئے۔ اسی درمیان شانتنو اس فرنگی پبلشر کے قریب آیا۔

جو کتابوں سے زیادہ اپنے ایلیسیشئن کتّے کی تعریف میں زمین۔ آسمان کے قلابے ایک کرتا تھا۔ حالانکہ شانتنو نے ایلیسیشئن جیسی پھرتی اس کے وجود میں کبھی نہیں دیکھی جب کہ ہر بار چیک یا پیشگی رائیلٹی کی بات کرتے ہوئے وہ دیسی، رنگ جھڑے کتّے کی طرح ہی لگتا — پھر بھی شانتنو کے لیے دیسائی ایک بڑی پارٹی تھا اور اس پارٹی کو وہ کسی بھی قیمت پر چھوڑنا نہیں چاہتا تھا۔ شانتنو نے شادی نہیں کی۔ تنہا زندگی کی شان و شوکت اسے ہمیشہ سے پسند رہی۔ اور ادیب کہلانے کا بھرم، ہر بار اس میں حوصلہ سے زیادہ جوش بھر دیتا۔ ہاں یہ دھند، تب تب ہٹتی تھی جب اس کے ادیب کہلانے پر سوالیہ نشان لگایا جاتا تھا۔ ادیبوں کی ویران دنیا سے اپنی دنیا کا سچ اسے زیادہ قبول ہوتا تھا — آخر وہ بھی تو لڑتا ہے سماج سے — سماج کے توہمات سے — اسی سماج میں پیار بھی آتا ہے۔ اسی لیے اس کے کردار شدت سے پیار بھی کرتے ہیں۔ شانتنو نے پریم چند کو بھی پڑھا تھا۔ شرت چند کو بھی — ابتداء میں اس نے شمل کی بھی ایک کتاب پڑھنے کی کوشش کی تھی لیکن شمل اس سے پڑھا ہی نہیں گیا۔ یا کہنا چاہیے، ایسی خشک ادبی کتابیں اس سے پڑھی ہی نہیں جاتی تھی۔ کبھی کبھی تو وہ یہ بھی سمجھنے میں ناکام رہتا کہ آخر ایسی کتابیں لکھی ہی کیوں جاتی ہیں اور کون پڑھتا ہے انہیں۔

دوسرے دن ٹھیک گیارہ بجے وہ مندیرا کے فلیٹ کے باہر تھا۔ یہ چیز اسے بار بار پریشان کر رہی تھی۔ کبھی یہاں شمل بھی رہتا ہوگا — دھوپ کھلی کھلی تھی' پیڑ پودے خاموش تھے۔ شانتنو کو لگ رہا تھا شمل یہاں کرسیاں نکال کر بیٹھتا بھی ہوگا — گھر میں داخل ہونے اور ڈرائنگ روم کے صوفے میں دھنسنے تک، وہ مسلسل شمل کے بارے میں

ہی سوچ رہا تھا۔ سامنے شمل کی بڑی سی تصویر لگی تھی —بائی پانی کا گلاس دے گئی اور کچھ ہی لمحے گزرنے کے بعد ہاتھ میں چائے کی ٹرے لیے مندیرا حاضر تھی۔ کسی ہوئی جینس اور ٹی شرٹ میں چائے کی ٹرے اس نے میز پر رکھ دی — رسمی گفتگو کا سلسلہ شروع ہوتے ہی اس نے روکھے سوالات کا حملہ شروع کر دیا۔

'آپ کیا کرتے ہیں'

'ادیب ہوں —'

'ادیب —' مندیرا چونکی تھی —ادیب۔ آپ تو کہیں سے بھی ادیب نہیں لگتے، ادیب تو اپنے رویئے سے ہی دکھائی دے جاتا ہے۔ لیجئے چائے پیجئے، چائے بڑھاتے ہوئے بھی اس کا حملہ جاری تھا۔ آپ جانتے ہیں، ادب کیا ہوتا ہے؟

'جی —'

'اچھا نام کیا ہے آپ کا —'

شانتنو نے نام بتایا۔ دو جھلملاتی آنکھوں میں تھرتھراہٹ ہوئی۔ آنکھیں بند ہوئیں —پھر جلد ہی کھل گئیں —شانتنو —وہ پاکٹ بکس والا —مندیرا ہنس رہی تھی —راجہ بکتا ہے۔ جس پر فلم بھی بنتی تھی —ایک سی گریڈ ناول پر بننے والی سی گریڈ فلم۔ اچھا تو آپ وہ ہیں، دیسائی آپ کو بھی چھاپتا ہے۔ آپ تو بہت بکتے ہیں، اور آپ کے تو خاص ریڈر ہیں —مندیرا کی ہنسی میں غصہ تھا۔ چنیا بادام اور بھونجا کھانے والے لوگ —ٹرین میں سفر کرتے ہوئے —اس کی پلکوں میں تناؤ تھا،۔ شانتنو کو تعجب ہوا۔ اتنے دھماکوں کے بعد بھی اس کی قوت برداشت باقی تھی —شاید وہ یہ سب سوچ کر آیا تھا۔ یہی فائر تو، مندیرا کی جوانی کا حصہ تھا —غصے میں اس کا پورا بدن گلاب کے ننھے سے پودے کی طرح اور بھی دلکش ہو جاتا۔ اس کے گٹھے ہوئے گداز بدن میں کنویں اور سانپ کی ساری

علامتیں ایک ساتھ جمع ہو کر اس کے رگ وپے میں طوفان کھڑا کر رہی تھیں۔

'تو آپ تخلیق کار ہیں، ادیب — مندیرا ہنس رہی تھی — جانتے ہیں تخلیقی اظہار کیا ہوتا۔ کیا ہوتا ہے شمل بننا — چھوٹی سی نازک عمر میں اس کا بڑھاپا بھول کر سوچتی تھی، ایک دن اس کے جسم کے سوئمنگ پل میں چھلانگ لگا دوں گی۔ سب کچھ بھول جاؤں گی — آپ تو یہ بھی نہیں جانتے کہ سچ کیا ہوتا ہے — سماجی سروکار کیا ہوتے ہیں — شمل جیسا انسان اپنی تخلیق کے توسط سے کیسے اپنے فن کو بلندیوں پر پہنچتا ہے — آپ جانتے ہیں — آپ جانتے ہیں میں راتوں کو اٹھ کر اسے لکھتے ہوئے دیکھتی تھی۔ لکھتے وقت، اس کی انگلیاں ایک عظیم دستکار کی انگلیاں بن جاتیں اور وہ پورے وجود سے ایک بے حد معصوم بچے میں بدل جاتا۔ ایک ماہر سنگیت کار کی طرح لکھتے ہوئے اس بدن کی مشین برابر بجتی رہتی تھی۔ میں نے سنے تھے اس کے سر — اب بھی سن رہی ہوں۔ لکھتے وقت اس کا بدن ایک عجب سے سرور میں ڈوب جاتا — کمرہ میں اسے گھیر کر جیسے نور کے فرشتے جمع ہو جاتے۔ آپ جانتے ہیں، الفاظ کیا ہوتے ہیں — الفاظ کا استعمال کسے کیا جاتا ہے — الفاظ پانی کی طرح بہانے کے لیے نہیں ہوتے — جو آپ کرتے ہیں — الفاظ سنبھال کر رکھنے کو ہوتے ہیں۔ تھوڑا تھوڑا خرچ کرنے کے لیے۔۔۔ جیسے شمل کرتا تھا — 'ہاں — وہ اس کی میز ہے۔ وہ اب بھی ہے۔ اب بھی لکھ رہا ہے۔۔۔'

مندیرا کی آنکھوں میں آنسو تھے۔ لمحہ بھر کو روشنی سی چمکی۔ تھرتھراتی مندیرا اٹھی۔ آگے بڑھی۔ کرسی کو بوسہ دیا اور پھر لوٹ آئی'

''آپ ادیب ہوتے تو نہیں بلاتی۔ ادیب صرف شمل تھا۔ باقی گھاس کھودنے والے' چائے کے کپ خالی ہو گئے تھے۔ مندیرا کی آنکھوں میں اب بھی تناؤ چھلک رہا تھا۔ لیکن آپ مجھ سے ملنے کیوں آئے؟ وہ ہنسی۔ میرے لیے جدوجہد کریں گے؟ دیسائی کے

خلاف؟ مجھے تسلی دیں گے؟ میرے خیال سے آپ نے اس کی ایک بھی کتاب نہیں پڑھی ہو گی۔ کیوں؟'

'ٹھیک کہتی ہیں آپ، ایک پڑھی تھی، پڑھی نہیں گئی۔'

مندیرا زور سے ہنس پڑی ـــ یہی تو شمل کی جیت ہے، آپ کو بھی سمجھ میں آجاتا تو پھر شمل، شمل کہاں رہ جاتا، شانتنو نہ بن جاتا۔ وہ ہنس رہی تھی ـــ اس ہنسی کے انداز میں لمحہ بھر کو دھماکہ ہوا تھا، اس کی گوری ہتھیلیاں، چوڑی کی طرح چھنک کر اس کی ہتھیلیوں سے چھو گئی تھیں۔ اُس ایک لمحہ میں جیسے سونامی سما گئی۔ مندیرا کے چہرہ کے تاثرات بدلے ـــ گرم بھاپ دیتی ہتھیلیوں کا اپنا احساس شانتنو کے لیے ہزار جسموں کے احساس سے بھی بڑا تھا۔

مندیرا نے ایک ٹھنڈی سانس بھری۔ در اصل اس گلوبل نظام میں ہم اپنی مادری زبان کھول بیٹھے۔ یہی المیہ ہے۔ انگریزوں کی غلامی، انگریزی کی برائی دے گئی ہمیں۔ پڑھتے، جیتے اور اپنی تہذیب میں ملاتے ہوئے ہمارے سارے اقدار اسی رنگ میں رنگ گئے، زبان بھی انہیں کی ہو گئی۔ در اصل یہ ان تمام ممالک کے مالی نظام کی کمزوری ہے، جنکی وجہ سے ان کی اپنی زبان چھن جاتی ہے۔ شمل نے صرف انگریزی میں لکھا ہوتا تو آج اس کی حیثیت دوسری ہوتی، وہ لکھ سکتا تھا، مگر اس کے اپنے تجربے، اقدار اتنے حاوی تھے کہ وہ کسی دوسری زبان میں لکھنے کے بارے میں سوچ ہی نہیں سکتا تھا۔۔۔ اور اسی لیے دیسائی جیسے لوگ۔۔۔

اچانک کچھ ایک حادثہ ہو گیا تھا۔۔۔ مندیرا پل بھر کو ٹھہر گئی۔ وہ سامنے والے کمرہ کی طرف دیکھ رہی تھی۔ اس کی آنکھیں یکایک سہم گئی تھی۔ کمرہ میں قطار سے، الماری سے جھانکتی کتابیں ـــ شمل کی میز، پرانے زمانے والے کرسی، دیواروں کے

جھڑتے رنگ۔۔۔۔ قطار سے دور تک سجے پھولوں والے گملے —کالونی کے اندر پہنچنے تک شانتنو اس ادبی خاموشی اور پیڑوں سے چھن کر آنے والی فلسفیانہ دھوپ کی کرنوں کا جائزہ لے چکا تھا۔ پوری کالونی میں، خاص کر شمل کے فلیٹ کے پاس جو چپی اور گہری خاموشی کا اس نے محسوس کی تھی وہی ہلچل وہ مندیرا کی آنکھوں میں دیکھ رہا تھا۔ فلسفے چلتے چلتے ٹھہر گئے۔ اس کی آنکھیں خوف زدہ تھیں —کان کھڑے تھے۔ جیسے کسی کی آہٹ محسوس کر رہے ہوں۔ وہ ایک ٹک شمل والے کمرہ کی طرف دیکھ رہی تھی —

'کوئی ہے۔۔۔۔ نہیں مجھے صبح سے اسی بات کا احساس تھا کہ کوئی ہے۔۔۔۔ آپ نے —مندیرا شانتنو کی طرف مڑی —اور سب کچھ غیر یقینی ڈھنگ سے ہوا تھا۔ اس نے یکایک شانتنو کا ہاتھ تھاما— صبح میں برش کرتی ہوئی یہاں آئی —وہ وہاں کھڑا تھا۔ تم نے بھی آہٹ سنی نا۔۔۔۔ اور سامنے۔۔۔۔ وہاں شمل کے کمرے میں —وہ زور سے چیخی — میں پوچھ رہی ہوں تم نے دیکھا یا نہیں —مندیرا زور سے چیخی۔ سمترا —

گھر میں کام کرنے والی بائی اس کی چیخ پر دوڑ کر آگئی تھی۔ اس کے لہجہ میں گھبراہٹ تھی۔ کیا ہوا میم صاحب۔ مندیرا کی آنکھیں غصے سے سرخ ہو رہی تھیں۔ پچھواڑے کی کھڑکی بند کی یا نہیں؟ میں نے صبح ہی کہا تھا، اس کھڑکی کو بند رکھا کرو، پورے دو مہینے سے ایسا ہو رہا ہے کوئی ہے —کوئی ہے —جو یہاں تک آکر —تم نے سنا نہیں سمترا —وہ تیز آواز میں دہاڑی —گیٹ لاسٹ، جاکر کھڑکی بند کرو۔

'میم صاحب —ابھی تو بارہ بجے ہیں۔'

'بارہ بجے ہیں —' مندیرا کے چہرہ سے وحشت ٹپک رہی تھی۔ بارہ بجے —بارہ بجے چور نہیں آسکتے۔ کھڑکی کھڑی منہ کیا دکھ رہی ہو۔ جاؤ تم پہلے کھڑکی بند کرو۔ تم یہاں — اس نے مضبوطی سے کسی منظوری یا نامنظوری کی پرواہ کیے بغیر شانتنو کا ہاتھ تھاما۔ شمل کے

کمرہ کی طرف بڑھی۔ وہ یہاں تھا تم نے دیکھا یا نہیں — نہیں پلیز بولو تم — سچ بولنا، دیکھا تھا نا تم نے بھی — یہاں — اسی کرسی کے پاس تھا وہ، سایہ نہیں تھا، وہم نہیں تھا میرا۔ جب ہم باتیں کر رہے تھے۔ وہ ہماری طرف دیکھ رہا تھا۔۔۔ مگر — مندیرا نے ہاتھ چھڑا لیا — کون ہو سکتا ہے وہ اور — کھڑکیوں پر تو جالی لگی ہوئی ہے — کہاں جا سکتا ہے وہ۔ ہو سکتا ہے۔ بات چیت میں کچھ دیر کے لیے ہماری پلکیں بوجھل ہوئی ہوں — اور اسی پلک جھپکنے کا اس نے فائدہ اٹھایا ہو مگر وہ آتا ہی کیوں ہے؟ اور کہاں چلا جاتا ہے۔ اچانک اس کا بدن جیسے پھر کانپا۔ اس کی آنکھیں وحشت سے پھیلی تھیں۔ جیسے وہ کس آہٹ کو کان لگا کر سننے کی کوشش کر رہی ہو، اچانک وہ تیزی سے پلٹی۔ اسکا ہاتھ تھاما۔ ابھی بھی وہ اس گھر میں ہے — وہ ہے، سنو، تم بھی سنو۔۔۔ اس کے پیروں کی آہٹ۔۔۔ اب وہ اوپر جا رہا ہے، سیڑھیوں سے۔ میرے ساتھ آؤ — ! مندیرا تیزی سے مڑی۔

آگے دالان سے ہو کر سیڑھیاں چلی گئی تھی۔ تنگ سی سیڑھیاں — سیڑھیوں پر روشنی ذرا کم تھی — لمحہ بھر کو وہ رکی۔۔۔ اس کی طرف دیکھا۔ پھر تیزی سے اسے اشارہ کرتی ہوئی باقی سیڑھیاں بھی طے کر گئی۔ اوپر ایک کھلا کمرہ تھا، روشن دان بند تھے۔ کھڑکی پر پردہ پڑا تھا۔ دبیز پردہ۔۔۔ کمرہ میں بندھی ہوئی کتابوں کے علاوہ ٹوٹے صوفے اور بے کار کی چیزیں بھی پڑی تھیں۔ ایک صاف پلنگ بچھا تھا۔ وہ یہاں آیا تھا۔ یہ شمل کی کتابیں ہیں۔ کچھ دن پہلے۔ پبلشر نے بھجوائی تھیں۔ دیکھو، کھولی بھی نہیں گئی — اچانک وہ چلاتی۔ دیکھو وہ ہے، ابھی بھی ہے — وہ کانپتے لہجہ میں چیخی۔ کون ہے۔۔۔ آگے بند پردہ سے روشنی کا ایک سایہ سا زمین پر پھر رہا تھا۔ اب تمہیں تو کوئی وہم نہیں۔ وہ پھٹی آنکھوں سے اس کی طرف دیکھ رہی تھی — کون ہے — اور یکایک کھڑکی کے اوپر تنے مکڑی کے جالے کو اس نے دیکھ لیا تھا۔ اس کے ٹھیک پاس دیوار سے چپکی ایک چھپکلی

تھی۔ وہ زور سے چیخی۔ اور یکایک اس لمحہ شانتنو کے پورے بدن میں جیسے لادے بھر گئے۔ وہ چیخی۔ وہ پلٹی اور ایک پل کو سب کچھ بھول کر اس میں سما گئی۔ بدن میں جیسے دھماکہ ہوا۔ کمرہ میں جیسے دنیا کی سب سے خوبصورت موسیقی گونجنے لگی۔ اس کے سینے کی گولائیاں ابھی بھی سخت تھیں اور شاید دنیا کی سب سے خوبصورت عورت کی گولائیاں تھیں۔ پیر کانپ رہے تھے۔ لمحہ بھر کو شانتنو کے بدن کے اندر ہزاروں پھلجھڑیاں چھوٹ گئیں۔ پھر جیسے دھماکہ ہوا۔ وہ اچانک اس کے بدن سے الگ ہوئی، ہاتھ ہٹایا۔ غصہ سے اس کی طرف دیکھا۔ وہ زوروں سے چلائی۔

'تم ابھی تک گئے نہیں۔ پانی پی لیا۔ چائے پی لی، اب کیا کر رہے ہو۔ یہاں، گھڑی دیکھو۔ کتنا وقت ہو گیا ہے۔ میں اتنی دیر تک تم جیسے کسی شخص کو برداشت نہیں کر سکتی۔

مندیرا اس کی طرف دیکھ کر زور سے چیخی — میرا منہ مت دیکھو۔ جاؤ تم — گیٹ لاسٹ

شانتنو نے جانے سے پہلے پلٹ کر دیکھا۔ اس کی آنکھیں ابھی بھی دہشت سے پھیلی تھی۔ وہ دھیرے سے کہہ رہی تھی۔۔۔۔ کوئی ہے —

کھلے گیٹ سے وہ باہر نکل آیا۔ باہر پیڑ پودے خاموش تھے۔ بچوں والا ایک جھولا ہل رہا تھا، شاید کچھ دیر پہلے کوئی بچہ جھولتے جھولتے ابھی فوراً ہی ہو گیا۔ باہر کی زمین نرم تھی۔ پیڑوں سے پتیاں ٹوٹ ٹوٹ کر گری ہوں گی۔ پورے ماحول میں ایک عجیب سی خاموشی، ڈری سہمی مندیرا کی زبان بن گئی تھی۔ کوئی ہے لیکن شاید کوئی نہیں تھا۔ باہر آ کر اس نے گاڑی اسٹارٹ کی لیکن اسے کسی بھی طرح کی شرمندگی یا پچھتاوا نہیں تھا۔ مندیرا کے الفاظ میں کہا جائے تو وہ ایک فیصد بھی ہرٹ نہیں ہوا تھا۔ باہر آکر گاڑی میں بیٹھنے تک مندرا کی جلتی ہتھیلیوں کا لمس اور جسم کی گرماہٹ اس کے وجود کے ریشے ریشے میں ترچکی تھی۔ شاید اسٹیئرنگ تھامتے ہوئے وہ مسکرایا بھی تھا۔ گاڑی کے سڑک پر

دوڑنے تک وہ اپنی سطح پر واقعاتی تجزیہ کے تعجب خیز دور سے گذر چکا تھا۔۔۔

لیکن سوال تھا۔ ایسا کیوں ہوا۔ کیا صرف مندیرا کا وہم تھا۔ اور مندیرا کو یہ وہم اچانک اس وقت کیوں ہوا جب اس نے دیسائی کا نام لیا۔ کیا ایسا بہت دنوں سے چل رہا ہے۔ یا کمرہ میں آنے پر ایک مرد کی موجودگی اچانک اسے اندر سے بے چین کر گئی تھی —اچانک وہ مندرا سے سانپ یا مچھلی، یا اس کور پیج میں بدل گئی تھی، جیسے دیسائی کے یہاں دیکھتے ہوئے اس نے پہلی بار میں ہی مسترد کر دیا تھا۔ مکمل مندیرا اس کے سامنے تھی دو دن پہلے رائل پبلشنگ ہاؤس کے کمرہ میں دیسائی کو کھری، کھوٹی سناتی ہوئی — پھر یہاں — شمل کے فلیٹ میں اچانک ایک بے نام سے ڈر کا اس کے وجود میں بیٹھ جانا — کیا یہ اتفاق تھا، یا اسے ڈرامائی انداز میں تبدیل کرنا مندیرا کی مجبوری۔ کیا ایک جھری بڑے بوڑھے بدن میں عورت کے لیے کوئی کشش باقی رہ سکتی ہے۔ وہ بھی ادب کی سطح پر۔ کب تک؟ کتنے دنوں تک۔ بار بار خواب میں آنے والا ہیرو، پریشان اور دکھ بھرے لمحے ہیرو سے ولن بھی تو بن جاتا ہے۔ شمل کتنی بار ولن بنا ہو گا۔ مندیرا کی چھوٹی چھوٹی ضروریات کو پوری نہ کر سکنے کے حوالے سے۔ مندیرا جیسی کم عمر لڑکی ایک بزرگ ہیرو کے ساتھ اپنے خوابوں کے سفر میں کتنا وقت حوصلہ اور جوش کے ساتھ گذار سکتی ہے۔ کیا اندر سوئی ہوئی برسوں پرانی آگ کو یکایک ایک مرد نظر آ گیا تھا، اس کی شکل میں۔ مکالمے چھپ گئے تھے۔ صرف لمس رہ گیا تھا۔ جیتا جاگتا، بولتا لمس — ایک ناقابل یقین اور ڈرامائی صورتحال نے شانتنو کو مندیرا کی نفسیات کی اس حقیقت سے متعارف کرا یا ہی دیا تھا کہ اب وہ نہیں ملے گی۔ لیکن کیا جو کچھ اس نے سوچا وہی سچ تھا۔ شمل کے بعد وہ نامعلوم، انجانے در سے کسی نفسیاتی مرض کا شکار ہو چکی ہے۔ ایک مہینہ آندھی اور طوفان کی طرح گذر گیا۔ نہ مندیرا ملی، نہ اس نے فون کیا اور نہ ہی مندیرا نے۔ ہاں رائل پبلشنگ ہاؤس کو

لے کر تنازعہ ضرور سرخیوں میں آگیا تھا۔

سچ یہ ہے کہ اس پورے پس منظر یا واقعہ کو کسی متعینہ تاریخ سے جوڑ کر دیکھنا مناسب نہیں ہے۔ دنیا تیزی سے بدل رہی ہے۔ شانتنو کو اس کا احساس تھا۔ سماج، رہن سہن، لباس، انٹرٹمنمنٹ کے طریقے، کھان پان، فلمیں، ہیرو اور ہیروئن — سب بدل رہے ہیں۔ معجزہ سے سائنس اور نفسیات تک، زندگی میں آتی دوسری لڑکیوں سے مندیرا تک۔ وہ لمس جیسے بدن میں ٹھہر گیا تھا۔ مکالمے گم ہو گئے۔ لمس رہ گیا۔ چیختا ہوا لمس۔ جیسے اسٹو کے چیختے شعلے ہیں۔ دہکتے آواز دیتے ہوئے۔ اسے وزیولائز کیا جائے تو صرف کلوزری ایکشن بچتا ہے مندیرا کا۔ سہمی سی مندیرا کا، جو اس کے سینے سے لگی ہے، اور جس کے پٹھے اس کے بدن سے مل کر تیز تیز دھڑک رہے ہیں۔ شانتنو کو یاد ہے، اس پر اسرار رات، جب وہ گھر کی بالکنی پر کھڑا تھا، اور آسمان پہ بے شمار ستارے لہروں کی طرح بہہ رہے تھے۔ اس نے کچھ اور بھی دیکھا تھا نہیں۔ یہ وہم نہیں تھا۔ کوئی قصہ کہانی نہیں: اس منظر نے اس حقیقت کو زندہ کیا تھا کہ کائنات میں ہم اکیلے نہیں، دور تک بچھی آسمان کی نیلی چادر میں اچانک شانتنو نے کوئی چیز دیکھ لی تھی۔ ایکسٹرا ٹریسٹریل یا ایلین۔ دنیا کے باہر کی ایک عقلمند مخلوق۔۔۔ ایک نیا ذی روح، کہیں کوئی اڑن طشتری نہیں بلکہ بہت سے تارے مل کر جیسے ایک ایلین یا ای ٹی بن گئے ہوں۔ اچانک اس کی جگہ مندیرا کا چہرہ آگیا تھا اور اگر اس غیر معمولی حادثہ کو، کہ مندیرا خوف اور دہشت سے گھبرا کر اس سے لپٹ گئی تھی۔ کسی متعینہ تاریخ سے جوڑنا ضروری ہے تو یہ بس وہی رات تھی، جب اس نے آسمان میں ایک ایلین کو دیکھا تھا۔ اور ایلین اس کے دیکھتے ہی دیکھتے مندیرا میں تبدیل ہو گیا تھا۔ گو کہ ان دلیلوں کا جواب اب سائنس سے نفسیات تک کے پاس نہیں ہے۔ لیکن ایسا ہوا اور اس کے بعد تو مہینے بھر صرف اڑتی خبر رہ گئی۔

رائل پبلشنگ ہاؤس اور دیسائی کی مخالفت میں مندیرا کی ناراض چٹھیاں بھی چرچے میں آگئی تھیں۔ جس میں مندیرا نے سیدھا الزام لگاتے ہوئے کہا تھا — رائل پبلشنگ ہاؤس کے مالک شری اشوک دیسائی کے ذریعہ شمل شرما کو دی جانے والی رائیلٹی کا سارا حساب کتاب غلط ہے۔ زندگی کے آخری چند مہینوں میں شمل بار بار دیسائی سے کتابوں کا حساب مانگتے رہے۔ لیکن دیسائی کا ارادہ دینے کا تھا ہی نہیں۔ شمل کی موت کے ایک ہفتہ بعد جب پبلشر کی جانب سے یہ حساب کتاب بھیجا گیا تو وہ اتنا دکھ پھرا تھا کہ اگر اپنی زندگی میں خود شمل اسے دیکھ لیتے تو وہ رائل سے الگ ہو چکے ہوتے۔

اخبار۔ میگزین مندیرا۔ دیسائی تنازعوں سے پھر گئی تھیں۔ مندیرا نے کچھ اور بھی شدید الزام لگائے تھے۔ کچھ الزامات تیکھے اور سخت تھے۔ جیسے رائل کی آمدنی کا ذریعہ کیا ہے۔ جوناگڑھ میں کروڑوں کی کوٹھی کا راز کیا ہے؟ مندیرا نے سیدھے طور پر جاننے کی کوشش کی تھی کہ یہ کیسا کاروبار ہے، جہاں مصنف گھاٹے میں رہتا ہے اور ایک دن شمل کی طرح اپنے ہی پیسوں کی بھیک مانگتا۔ اپنی جان دے دیتا ہے اور ناشر کروڑوں کی کوٹھیاں تیار کرتا رہتا ہے۔ خط میں مندیرا نے تیکھی زبان میں اپنی ناراضگی درج کرائی تھی کہ اگر ابھی بھی ملک میں انکم ٹیکس اور سی بی آئی جیسے ادارے حرکت میں ہیں تو وہ دیسائی جیسے گھوٹالہ کرنے والے ناشروں کی خدمت میں سامنے کیوں نہیں آتے۔ شمل کی کتابوں کا حوالہ دے کر مندیرا نے پوچھا تھا کہ اگر 1995 تک شمل کی کتابوں کی مجموعی رائلٹی ایک لاکھ روپئے بنتی ہے تو آج کی تاریخ میں یہ صفر کیوں ہو گئی؟ ریڈر گم ہو گئے تھے تو ناشر کو بھی گم ہو جانا تھا، لیکن ناشر تو اپنی کوٹھیاں کھڑی کر رہا تھا۔

تنازع شروع ہو چکا تھا، مصنفین کے بیانات آنے شروع ہو گئے تھے۔ اس دن سگھن چکرورتی آ گیا تھا۔ ناک میں نسوار ڈالتے اور دھوتی سے ناک پونچھتے ہوئے اس نے

کہا تھا —ناشر کتابوں کے فروخت کے لیے اب قارئین پر بھروسہ نہیں کرتے —وہ سنجیدہ لہجہ میں بولا —ناشر سرکاری خرید پر بھروسہ کرتے ہیں۔ خرید کس طرح ہوتی ہے، اس کا علم مصنف کو بھی نہیں ہوتا اور ناشر اسی لیے مصنف کی پرواہ نہیں کرتے۔ جب تک کتابوں کی خرید عام نہیں ہوگی۔ مسئلہ بنا رہے گا۔

شانتنو نے نگاہ اٹھائی۔

سگھن سامنے بڑی کتاب کے صفحے پلٹ رہا تھا۔ مگر اس کے ہونٹ چل رہے تھے — ہمارا کیا۔ کتاب لکھی اور مکمل کتاب ایک فلاپی میں آگئی۔ اس چھوٹی سی فلاپی سے ناشر بازار میں کتنا بناتا ہے اس کا اندازہ آپ نہیں کر سکتے اور سچ تو یہ ہے شانتنو کہ رائیلٹی کے معاملہ میں کوئی بھی ناشر صاف و شفاف نہیں، کچھ مصنفین رائیلٹی چاہتے بھی نہیں۔ وہ خود اعلیٰ عہدہ پر رہ کر ناشر کی کتاب فروخت کراتے ہیں۔ کتنے دن چلتی ہے مندیرا کی لڑائی۔ دیکھ لینا۔

لیکن مندیرا کی لڑائی جاری تھی اور اسی درمیان مندیرا کا ایک اور خط اخباروں میں چھپ گیا تھا —افسوس دکھ کے ساتھ لکھنا پڑ رہا ہے کہ رائیل پبلشنگ ہاؤس اب میرے شوہر مرحوم شمل شرما کے ناشر نہیں ہے ں۔ انہوں نے کتابوں کی سیل کے تعلق سے جو اعدادوشمار ہمیں بھیجے تھے وہ مشکوک پائے گئے ہیں۔

شانتنو کو لگا تھا، ابھی تھمے گی نہیں یہ لڑائی۔ ابھی اور آگے بڑھے گی۔ ایک نہ ایک دن تو کسی کو اس کے خلاف جنگ کا بگل تو بجانا تھا ہی۔ ممکن ہے۔ یہ لڑائی مندیرا نے شروع کی ہے تو وہ فاتح بھی ہوگی۔

لیکن —شاید ہمیشہ سے ایسا ہوتا رہا ہے۔ ہم ایک حیران کر دینے والی ایلینکی دنیا میں آج بھی رہتے ہیں۔ آج بھی رات کے کسی نازک لمحے بہت سے تارے مل کر کسی اڑن

طشتری میں بدل جاتے ہیں — کوئی مندیرا بارش جیسی دھوپ کی کرنوں میں صبح کے وقت، سایہ تلاش کرتی ہوئی چیخ پڑتی ہے۔ 'کوئی ہے —'

**

اس رات وہ پھر سے باپ بن گیا تھا۔ باہر رات بہہ رہی تھی۔ آسمان پر چاندنی چھٹکی ہوئی تھی۔ اس نے جان بوجھ کر کھڑکی کھول دی تھی۔ اسکاچ ختم ہو چکی تھی۔ نشے میں شاید آدمی زیادہ سوچتا ہے پچھلی رائلٹی کی تفصیل اس کے سامنے تھی۔ اس نے کئی بار واؤچر کو الٹ پلٹ کر دیکھا۔ اسے دیسائی پر غصہ آرہا تھا۔۔۔ شانتنو کے جی میں آیا، خالی اسکاچ کی بوتل دیسائی کے سر پر توڑ دے۔ اور کہے — سالے۔ اسی لیے میں نے کئی بار سوچا تم لوگوں کے فراڈ سے بہتر ہے کہ اپنا الگ پبلی کیشن کھول لوں۔ اپنی کتابیں خود چھاپوں۔۔۔ واؤچر میں اس کی کتابوں کی پچھلی تفصیل غائب تھی۔ پچھلے پانچ برس کے حساب بھی اسے مشکوک لگ رہے تھے۔۔۔ ادیب کا چولا پھینک کر اس وقت وہ صرف ایک باپ بن گیا تھا۔ ایک خالص بزنس مین' شانتنو نے واؤچر ایک طرف رکھے۔ ٹہلتے ہوئے بالکنی پر آ گیا۔ کچھ پل نیلے آسمان میں پھیلے تاروں کے جھرمٹ کو دیکھتا رہا۔ پھر جیب سے موبائل نکالا اور دیسائی کا نمبر ڈائل کرنے لگا دوسری طرف دیسائی تھا۔

شانتنو دہاڑ کر بولا — رات کے بارہ بج رہے ہیں سالے۔ اسکاچ کا نشہ ہرن کر دیا تم نے — شانتنو گالیاں دے رہا تھا — تیرے گھر آ کر ماروں گا تمہیں۔۔۔

ہو — ہو — دیسائی فون پر ہنسنے کی کوشش کر رہا تھا — آپ آ جاؤ نا — ناراض کیوں ہوتے ہو، واؤچر میں گڑبڑی ہے تو ٹھیک کر لیں گے۔ ایک اسکاچ کی جگہ دس بوتلیں لے جاؤ پیارے۔

اس کے ہنسنے پر شانتنو بھی ہنسا — میری برادری دوسری ہے فرنگی تمہارے ایلیسیشئن کی نسل کا ہوں، بھونکتا نہیں، کاٹ کھاتا ہوں —

کمرے میں آنے تک جگ مگ جگ مگ رات کے سناٹے میں مندیرا کے یہاں ہونے والی گفتگو کے کچھ زہریلے لمحے اسے یاد آرہے تھے۔ اس نادر لمحہ کی یہ کتاب جان بوجھ کر شمل نے اپنی یادداشت میں بچا کر رکھی تھی۔

'آپ نے کبھی سوچا کہ شمل جیسے ادیب کی کتابیں اتنی کم کیوں چھپتی ہیں؟

'سب اسے ڈائے جسٹ نہیں کر سکتے۔'

'لیکن وہ لڑائیاں تو سب کی لڑتے ہیں'

—ہاں'

پھر اپنی ہی لڑائی کیوں نہیں لڑی شمل نے —میرا مطلب ہے اپنے ناشر سے۔

جیسے بے جان سناٹے میں دشنیت کی طرح کسی نے پتھر اچھال دیا ہو۔ لمحہ بھر کو مندیرا کا پورا جسم ہل گیا تھا۔

'میں ادیب نہیں؛ لیکن اس پورے معاملہ پر میں تبصرہ کر سکتا ہوں —'شانتنو نے ارجن بان چھوڑا تھا—لکھتے لکھتے آپ کا ادیب ایک شرمیلا انسان بن جاتا ہے۔ دراصل وہ کسی کی لڑائی لڑنے کے لائق نہیں رہ جاتا۔ اپنی بھی نہیں۔'

اور اس کے ٹھیک دوسرے دن ہنستی ہوئی دھوپ میں دیسائی کے بنگلے میں گیٹ کھلتے ہی اس نے دوبارہ ایلیسیشئن کے بھونکنے کی آواز سن لی تھی —

جنوری کی دھوپ کھلی کھلی لگ رہی تھی۔ باہر لان میں کرسیاں لگی تھیں۔ دیسائی ایلیسیشئن کی پیٹھ پر ہاتھ پھیرتا ہنس رہا تھا۔

تو ملکۂ بنگال نے ایلیسیشئن واپس کر دیا۔

'نہیں شانتنو — دیسائی ہنسا۔ ایک ایلیسیشئن جاتا ہے، دوسرا آتا ہے۔ اچھی نسل کے کتوں کا شوقین ہونا چاہئے بس —

چائے کی چسکی لیتے ہوئے اس نے دھیرے سے پوچھا — اور مندیرا والا معاملہ — دیسائی ہنس رہا تھا — تم کو معلوم نہیں، سمجھوتہ ہو گیا — ایسے معاملے اٹھتے ہیں اور بند ہو جاتے ہیں۔

بریڈ کا ایک بڑا سا ٹکڑا اس نے ایلیسیشئن کی طرف پھینکا تھا، جسے ایلیسیشئن نے ہوا میں ہی اچک لیا۔

سامنے، زمین پر دھوپ میں دو سائے بن رہے تھے — آنکھوں میں اچانک مندیرا کا چہرہ لہرا گیا — کوئی ہے —

ایلیسیشئن پلٹ کر دوبارہ بھونکا تھا۔ اور بدلہ میں تازہ بریڈ کے کئی ٹکڑے دیسائی نے اس کی طرف اچھال دیئے تھے۔

**

گھر لوٹنے تک ایک عجیب سی خاموشی یا بوجھل پن اس کے پورے وجود پر سوار تھا۔ ماحول ایک بار پھر ویسا ہی خاموش اور بے جان تھا۔ سنے، گل بہری اور ٹیلی کے بے رس پھولوں کو دیکھتا ہوا وہ اپنے کمرہ میں آیا تو جیسے چونک گیا۔ اکیلے رہنے کی عادت کے باوجود کہیں ایک دھماکہ سا ہوا تھا۔ بتی جلائی — کھڑکی بند تھی —۔۔ لیکن کھڑکی کے پردے لہرا رہے تھے۔ اس نے پلٹ کر بستر کی طرف دیکھا۔ چادر پر ان گنت سلوٹیں ابھر آئی تھیں۔ چلتے وقت ایشٹرے میں وہ سگریٹ کو بجھانا بھول گیا تھا۔ وہاں سے ابھی بھی دھواں

اٹھ رہا تھا۔۔۔ کمرہ میں سبھی ایک قطار سے لگی پینٹنگس جیسے یکا یک چلنے لگی ہوں۔ اچانک اس کے اندر کچھ حرکت سی ہوئی — سہمی ہوئی آنکھوں نے ایک بار پھر پلٹ کر کھڑکی طرف دیکھا — اور لہراتے پردوں کی طرف دیکھتے ہوئے اس کی تیز چیخ نکل گئی — کوئی ہے — ہے — !'

* * *